August Strindberg

Der Vater

Trauerspiel in drei Aufzügen

August Strindberg

Der Vater

Trauerspiel in drei Aufzügen

ISBN/EAN: 9783743354708

Hergestellt in Europa, USA, Kanada, Australien, Japan

Cover: Foto ©Andreas Hilbeck / pixelio.de

August Strindberg

Der Vater

Aus Philipp Reclams Universal-Bibliothek.
Preis jeder Nummer **20** Pfennig.

Norwegische Literatur.

Björnson, Björnstjerne, Arne. Erzählung. Nr. 1748.
—, Der Brautmarsch. Nr. 950.
—, Ein fröhlicher Bursch. Bauernnovelle. Nr. 1891.
—, Kleine Erzählungen. Nr. 1867.
—, Ein Fallissement. Schauspiel in 4 Aufzügen. Nr. 778.
—, Das Fischermädchen. Nr. 858/59.
—, Ein Handschuh. Schauspiel in 3 Aufzügen. Nr. 2437.
—, Der König. Drama in 4 Aufzügen. Nr. 4479.
—, Über die Kraft. Schauspiel in 2 Aufzügen. Nr. 2170.
—, Leonarda. Schauspiel in 4 Aufzügen. Nr. 1233.
—, Die Neuvermählten. Schauspiel in 2 Aufzügen. Nr. 592.
—, Zwischen den Schlachten. Schauspiel in 1 Aufzug. Nr. 760.
—, Synnöve Solbakken. Nr. 656.
—, Das neue System. Schauspiel in 5 Aufzügen. Nr. 1358.
Dahl, Jonas, Ernstes und Heiteres. Erzählungen und Schilderungen. Nr. 4187.
Dilling, Lars, Kildenbauers Witwe und andere Erzählungen. Nr. 4437.
Garborg, Arne, Paulus. Schauspiel in 5 Aufzügen. Nr. 3867.
Ibsen, Henrik, Baumeister Solneß. Schauspiel in 3 Aufzügen. Nr. 3026.
—, Brand. Ein dramatisches Gedicht. Nr. 1531/32. Geb. 80 Pf.
—, Der Bund der Jugend. Schausp. in 5 Aufzügen. Nr. 1514.
—, Das Fest auf Solhaug. Schausp. in 3 Aufzügen. Nr. 2375.
—, Frau Inger auf Östrot. Schauspiel in 5 Aufzügen. Nr. 2856.
—, Die Frau vom Meer. Schauspiel in 5 Aufz. Nr. 2560.
—, Gedichte. Vollständige Ausgabe. Nr. 2130. Geb. 60 Pf.
—, Gespenster. Ein Familiendrama in 3 Aufzügen. Nr. 1828.
—, Hedda Gabler. Schauspiel in 4 Aufzügen. Nr. 2773.
—, Kaiser und Galiläer. Welthistor. Schauspiel. Nr. 2368/69.
—, Die Komödie der Liebe. Schausp. in 3 Aufz. Nr. 2700.
—, Die Kronprätendenten. Historisches Schauspiel in fünf Aufzügen. Nr. 2724.

Der Vater.

Trauerspiel in drei Aufzügen

von

August Strindberg.

Aus dem Schwedischen übertragen

von

Ernst Brausewetter.

Einzige autorisierte deutsche Ausgabe.

Leipzig

Druck und Verlag von Philipp Reclam jun.

Der Vater.

Personen.

Der Rittmeister.
Laura, seine Gattin.
Bertha, beider Tochter.
Dr. Oestermark.
Der Pastor.
Margarethe, die Amme des Rittmeisters.
Nöjd, Bursche des Rittmeisters.
Henrik, Faktotum des Rittmeisters.

Die Handlung spielt auf dem Landsitze des Rittmeisters in der Nähe von Stockholm.

Rechts und links vom Schauspieler.

Erster Aufzug.

Wohnzimmer bei dem Rittmeister, während des ganzen Stückes ohne Änderung.

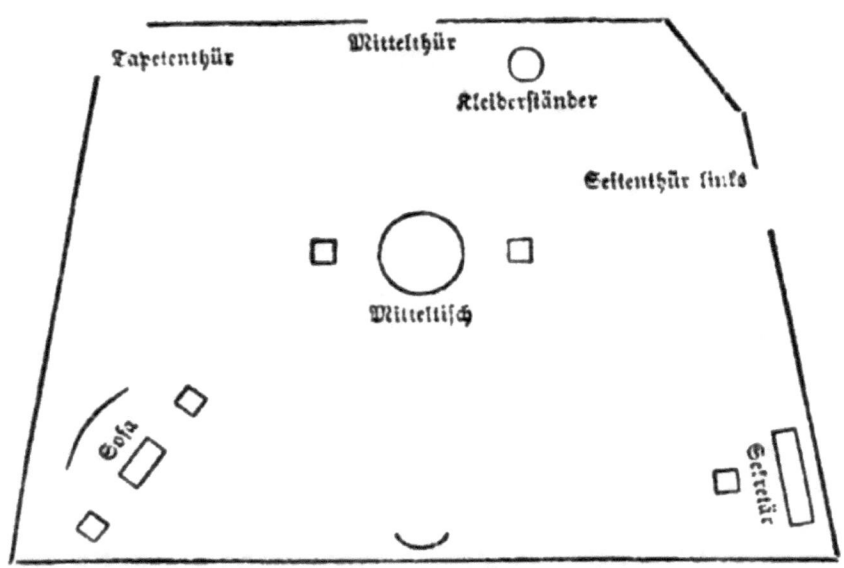

Mittelthür, Seitenthür links. In der Ecke rechts hinten eine Tapetenthür. Inmitten des Zimmers ein großer runder Tisch, worauf Zeitungen und ein Album. Zur Rechten vorn ein Sofa, wovor ein Tisch mit zwei Stühlen. Links vorn ein Schreibsekretär mit einer Standuhr. Waffen an den Wänden: Gewehre, Revolver, Jagdtaschen. Zur Linken der Mittelthür ein Kleiderständer mit Uniformröcken. Drückglocken auf den Tischen. Auf dem Mitteltisch brennt eine Lampe.

Rechts und links vom Schauspieler.

Erster Auftritt.

Der Rittmeister und der Pastor auf dem Ledersofa rechts sitzend; Pastor rechte Ecke. Der Rittmeister im Interimsrock und Reitstiefeln mit Sporen. Der Pastor schwarz gekleidet, mit weißem Halstuch, ohne Priesterkragen; er raucht eine Pfeife. Henrik.

Rittmeister (klingelt).

Henrik (durch die Mitte eintretend). Herr Rittmeister befehlen?

Rittmeister. Ist Nöjd draußen?

Henrik. Zu Befehl! Nöjd wartet in der Küche auf d Befehle des Herrn Rittmeister!

Rittmeister. Schon wieder in der Küche? Laß ihn sofo hereinkommen!

Henrik. Zu Befehl, Herr Rittmeister. (Ab durch die Mitt

Pastor. Was ist denn nun wieder los?

Rittmeister. Ach, der Lümmel hat schon wieder etwas m dem Mädchen vorgehabt. Es ist ein ganz verfluchter Ker

Pastor. Sprichst du von Nöjd? Es war ja wohl i vorigen Jahre, als er —

Rittmeister. Ja, besinnst du dich darauf? Aber willst d nicht so gut sein und ihm einige ernste Worte sagen, soba es vielleicht ein bißchen hilft. Schimpfworte und Prüg waren bisher vergeblich.

Pastor. Na, und da willst du, ich soll ihm den Te lesen. Glaubst du, Gottes Wort macht auf einen Ka valleristen Eindruck!

Rittmeister (sich erhebend). Ja, Schwager, bei mir hilft e freilich nichts, das weißt du —

Pastor (ebenso). Ja, leider!

Rittmeister. Aber bei ihm! Versuche es in jedem Fall.

Zweiter Auftritt.

Die Vorigen. Nöjd durch die Mitte.

Rittmeister. Was hast du nun wieder gemacht, Nöjd?

Nöjd (linke Ecke). Mit Verlaub, Herr Rittmeister, das kann ich nicht sagen, wenn der Herr Pastor zugegen ist.

Pastor. Geniere dich nicht, mein Sohn!

Rittmeister. Bekenne, sonst weißt du, wie es dir geht!

Nöjd. Ja, sehen Sie, das war so; wir waren bei Ga briel zum Tanz und da sagte Ludwig —

Rittmeister. Was hat Ludwig mit der Sache zu schaffen? Bleibe bei der Wahrheit.

Nöjd. Ja, und dann sagte Emma, wir sollten in di Scheune gehen.

Rittmeister. So, war es vielleicht Emma, die dich ver führte?

Der Vater.

Nöjd. Ja, es war beinahe so, Herr Rittmeister. Und dann möchte ich mir zu bemerken erlauben, daß man, wenn das Mädchen nicht will, niemals etwas erreicht.

Rittmeister. Kurz und gut: bist du der Vater das Kindes oder nicht?

Nöjd. Wie soll man das wissen können?

Rittmeister. Wie? Kannst du das nicht wissen?

Nöjd. Nein, denn das kann man doch niemals wissen, Herr Rittmeister.

Rittmeister. Warst du denn nicht allein mit ihr?

Nöjd. Damals ja, aber deshalb kann man doch nicht wissen, ob man der Einzige ist!

Rittmeister. Ist es etwa deine Absicht, Ludwig zu beschuldigen?

Nöjd. Man kann doch nicht wissen, wen man beschuldigen darf.

Rittmeister. Ja, aber du hast ja Emma gesagt, du würdest sie heiraten.

Nöjd. Ja, das muß man wohl immer versprechen —

Rittmeister (zum Pastor). Das ist ja schrecklich!

Pastor. Das ist die alte Geschichte! Aber höre 'mal, Nöjd, so'n Kerl wie du muß doch wohl sagen können, ob er der Vater ist?

Nöjd. Ja, natürlich habe ich mit Emma 'was vorgehabt, aber der Herr Pastor wissen doch von sich selbst, daß es darum noch keine Folgen zu haben braucht!

Pastor. Höre, mein Junge, werde nicht unverschämt! Du wirst doch das Mädchen nicht allein, mit ihrem Kinde im Stich lassen! Du kannst wohl nicht gezwungen werden, sie zu heiraten; aber du wirst dich doch des Kindes annehmen! Das mußt du entschieden thun!

Nöjd. Ja, aber dann soll Ludwig auch dazu beitragen.

Rittmeister. Na, dann muß die Sache vors Gericht. Ich kann sie nicht in Ordnung bringen, und es macht mir auch durchaus keinen Spaß. Mach', daß du hinauskommst!

Pastor (die Mitte nehmend). Nöjd! Ein Wort noch! Hm! Scheint es dir nicht unehrenhaft zu sein, ein Mädchen mit einem Kinde so auf dem Trocknen sitzen zu lassen? Wie?

Meinst du nicht, daß eine solche Handlungsweise — hm — hm!

Nöjd. Ja, sehen Sie, Herr Pastor, wenn ich wüßte, daß ich der Vater des Kindes bin, aber sehen Sie, das kann man niemals wissen. Und sein ganzes Lebenlang sich für das Kind eines andern zu schinden, das ist einem nicht zuzumuten! Das können der Herr Pastor und der Herr Rittmeister ja selbst begreifen!

Rittmeister. Hinaus mit dir!

Nöjd. Zu Befehl, Herr Rittmeister! (Ab durch die Mitte.)

Rittmeister (nachrufend). Aber nicht in die Küche, du Schlingel!

Dritter Auftritt.

Der Rittmeister und der Pastor.

Rittmeister. Na, warum trumpftest du nicht ordentlich auf!

Pastor. Wie? Gab ich's ihm nicht gründlich?

Rittmeister. Ach, du standest ja nur da und brummtest in deinen Bart!

Pastor. Aufrichtig gesprochen, weiß ich nicht, was ich sagen soll. Es ist schade um das Mädchen, ja; es ist aber auch schade um den Burschen. Bedenke, wenn er nicht der Vater ist! Das Mädchen kann vier Monate als Amme in das Findelhaus gehen, dann ist das Kind nach den Bestimmungen dieses Instituts, wie du weißt, für immer versorgt, aber der Bursche kann nicht als Amme gehen. Das Mädchen bekommt hernach einen guten Platz in einem besseren Hause, aber die Zukunft des Burschen kann vernichtet sein, wenn er beim Regiment den Abschied bekommt.

Rittmeister. Ja, meiner Treu, ich möchte Bezirksrichter sein und in dieser Sache selbst urteilen dürfen. Der Bursche ist wohl nicht so unschuldig, aber das kann man nicht wissen. Eins dagegen kann man wissen: und das ist, daß das Mädchen schuldig ist, wenn man hier überhaupt von Schuld reden kann.

Pastor. Ja, ja! Ich verdamme niemand! Aber wovon sprachen wir doch, als diese dumme Geschichte dazwischen kam. War es nicht von Bertha und ihrer Konfirmation?

Rittmeister. Ja, wohl eigentlich nicht von der Konfirmation, sondern von ihrer ganzen Erziehung. Dies Haus ist voll Weiber, die alle mein Kind erziehen wollen. Die Schwiegermutter will sie zur Spiritistin machen, Laura zur Artistin; die Gouvernante will sie zur Methodistin machen; die alte Margarethe zur Baptistin; und die Mädchen wollen sie für die Heilsarmee gewinnen. Es ist natürlich unmöglich, eine Seele in dieser Weise zusammenzuflicken, besonders da mir, der ich das erste Recht hätte, das Naturell des Kindes zu leiten, in meinen Bemühungen beständig entgegengearbeitet wird. Ich muß sie deshalb aus dieser Wirtschaft herausbringen.

Pastor. Du hast zuviel Frauenzimmer, die in deinem Hause herrschen.

Rittmeister. Ja, mir gehört es eigentlich gar nicht mehr. Es ist, als wenn ich in einem Tigerzwinger umherginge, und hielte ich ihnen nicht mein glühendes Eisen unter die Nase, würden sie mich im ersten besten Augenblick zerreißen.

Pastor (lacht).

Rittmeister. Ja, du lachst, du Schelm. Es war nicht genug, daß ich deine Schwester zur Frau nahm, du schwatztest mir auch noch deine alte Stiefmutter auf.

Pastor. Man soll keine Stiefmutter in seinem Hause haben.

Rittmeister. Nein, aber eine Schwiegermutter behagt dir besser im Hause, nämlich bei andern.

Pastor. Ja, ja, jeder hat hier im Leben sein Teil bekommen.

Rittmeister. Ja, ich habe aber bestimmt zuviel erhalten. Ich habe doch auch noch meine alte Amme, die mich immer behandelt, als wenn ich noch eine Sabberschlappe trüge. Sie ist sehr liebevoll, weiß Gott, aber sie gehört nicht hierher!

Pastor. Du solltest dein Weibervolk besser im Zaum halten, Schwager; du läßt ihrer Herrschsucht zuviel freie Hand.

Rittmeister. Höre, mein Lieber, willst du mich darüber aufklären, wie es möglich ist, Frauenzimmer im Zaum zu halten.

Pastor. Streng genommen war Laura — es ist ja meine

Schwester — aber sie war wirklich ein bißchen schwer un= gänglich.

Rittmeister. Laura hat wohl ihre schlimmen Seiten, aber mit ihr ist es nicht so gefährlich.

Pastor. O, sprich nur frei heraus, ich kenne sie.

Rittmeister. Sie hat eine romantische Erziehung erhalten und so fällt es ihr ein wenig schwer, sich zurechtzufinden, aber sie ist in jedem Fall meine Frau —

Pastor. Und weil sie deine Frau ist, ist sie die beste. Nein, Schwager, sie ist es gewiß, die dich am meisten quält.

Rittmeister. Jetzt aber ist das ganze Haus verrückt ge= worden. Laura will Bertha nicht von sich lassen, und ich kann nicht dulden, daß sie in diesem Narrenhaus bleibt.

Pastor. So, Laura will nicht; ja, weißt du, dann fürchte ich, wird es schwer halten. Als sie noch ein Kind war, pflegte sie, um ihren Willen durchzusetzen, oft wie tot dazu= liegen. Und wenn sie erhalten hatte, was sie wünschte, gab sie es mit der Erklärung zurück, daß sie nicht den Gegen= stand, sondern nur ihren Willen haben wolle.

Rittmeister. Ja so, war sie bereits damals so? Hm! Sie ist wirklich bisweilen so leidenschaftlich, daß ich für sie fürchte und glaube, sie ist krank.

Pastor. Aber was hast du denn nun eigentlich mit Bertha vor, daß ihr darüber so durchaus verschiedener Meinung seid? Sollte denn wirklich keine Einigung möglich sein?

Rittmeister. Du mußt nicht glauben, daß ich sie zu einem Wunderkinde oder einem Abbild von mir selbst machen will. Ich will aber nicht der Kuppler meiner Tochter sein und sie ausschließlich für die Ehe erziehen; denn bleibt sie dann trotzdem unverheiratet, so bekommt sie böse Tage. Anderer= seits will ich sie aber auch nicht zu einer männlichen Berufs= wahl leiten, die lange Ausbildungszeit erfordert und deren Vorarbeiten vollständig fortgeworfen sein können, im Falle sie sich sollte verheiraten wollen.

Pastor. Was willst du denn?

Rittmeister. Ich will, daß sie Lehrerin werden soll. Bleibt sie dann unverheiratet, so ist sie versorgt und hat es nicht schwerer als die armen Lehrerinnen, die ihr Gehalt mit ihrer Familie teilen müssen. Verheiratet sie sich, so kann

sie ihre Kenntnisse für die Erziehung ihrer eigenen Kinder anwenden. Habe ich darin recht?
Pastor. Gewiß hast du recht! Aber hat sie nicht andererseits solches Talent für die Malerei bewiesen, daß es der Natur Gewalt anthun hieße, wenn man dieses unterdrücken wollte?
Rittmeister. Nein! Ich habe ihre Versuche einem hervorragenden Maler gezeigt, und er sagt, daß sie nur der Art sind, wie es fast jeder in den Schulen lernen kann. Aber da kommt im letzten Sommer ein junger Laffe ins Haus, der die Sache natürlich besser versteht, ein kolossales Talent in ihr findet, und damit war die Sache zu Lauras Gunsten entschieden.
Pastor. War er in das Mädel verliebt?
Rittmeister. Das halte ich für ausgemacht!
Pastor. Gott sei mit dir, mein Sohn, denn dann sehe ich keine Hilfe. Das ist schwierig, und Laura hat natürlich Anhang — (nach links zeigend) dort drinnen?
Rittmeister. Ja, das versteht sich von selbst. Das ganze Haus steht bereits in hellen Flammen, und unter uns, es ist gerade kein nobler Krieg, der von der Seite geführt wird.
Pastor. Glaubst du, ich kenne das nicht?
Rittmeister. Du auch?
Pastor. Auch?
Rittmeister. Aber das Schlimmste ist, daß es mir vorkommt, als wenn Berthas Schicksal dort drinnen von haßerfüllten Motiven bestimmt wird. Sie werfen mit Worten um sich, wie die, daß der Mann erfahren solle, das Weib könne auch sein Teil durchsetzen. Mann und Frau sind hier im Kampfe miteinander, unaufhörlich, den ganzen Tag.
(Pause.)
Pastor (nimmt seinen Hut und wendet sich zum Gehen).
Rittmeister. Willst du schon gehen? Nein, bleibe noch bis zum Abend. Ich kann dir zwar nichts Besonderes bieten, aber du weißt, ich erwarte den neuen Doktor. Hast du ihn gesehen?
Pastor. Ich sah ihn so ganz flüchtig im Vorbeigehen. Er sah recht nett und tüchtig aus.

Rittmeister. So, das wäre gut. Glaubst du, daß er mir ein Bundesgenosse werden kann?

Pastor. Wer weiß! Das kommt darauf an, wieviel er mit Frauenzimmern zu thun gehabt hat!

Rittmeister. Ja, willst du also nicht hier bleiben?

Pastor. Nein, danke, mein Lieber, ich habe versprochen zum Abend nach Hause zu kommen, und meine Alte wird unruhig, wenn ich nicht zur rechten Zeit da bin.

Rittmeister. Unruhig? Böse, willst du sagen! Na, wie du willst. Darf ich dir mit dem Pelz helfen?

Pastor (indem er den Pelz vom Kleiderständer hinten abnimmt und anzieht). Es ist sicher heut' Abend sehr kalt. Danke schön! — Du solltest deine Gesundheit schonen, Adolf, du siehst so nervös aus!

Rittmeister. Sehe ich nervös aus?

Pastor. Ja, du bist sicher nicht ganz wohl.

Rittmeister. Hat dir Laura diese Meinung beigebracht? Mich hat sie nun seit zwanzig Jahren als Todeskandidaten behandelt.

Pastor. Laura? Nein, aber du beunruhigst mich. Sieh dich vor! Das ist mein Rat! Adieu, alter Freund; aber wolltest du nicht von der Konfirmation mit mir reden?

Rittmeister. Durchaus nicht! Ich versichere dich, die Sache muß ihren gewöhnlichen Lauf haben, und die Allgemeinheit die Verantwortung dafür übernehmen, denn ich bin weder ein Wahrheitszeuge, noch auch ein Märtyrer! — Das ist abgethan! — Adieu! Grüße vielmals!

Pastor. Adieu, mein Lieber. Grüße Laura! (Ab durch die Mitte.)

Vierter Auftritt.

Der Rittmeister. Laura.

Rittmeister (öffnet links vorn den Sekretär und setzt sich an die Klappe, um zu rechnen). Vierunddreißig — neununddreißig, dreiundvierzig, siebenundvierzig, achtundvierzig, sechsundfünfzig —

Laura (in der Seitenthür links). Möchtest du so gut sein —

Rittmeister. Sogleich! Sechsundsechzig, einundsiebzig, vierundachtzig, neunundachtzig, zweiundneunzig, hundert. Was giebt's?

Laura (eintretend; rechte Seite). Ich störe vielleicht.

Rittmeister. Durchaus nicht! Du willst wohl dein Wirtschaftsgeld haben, nicht?

Laura. Jawohl — das Wirtschaftsgeld.

Rittmeister (zeigt nach dem Mitteltisch). Lege die Rechnungen dorthin. Ich werde sie durchsehen.

Laura. Die Rechnungen?

Rittmeister. Ja!

Laura. Willst du jetzt auch meine Rechnungen haben?

Rittmeister. Natürlich. Die finanzielle Lage unseres Hauses ist unsicher, und im Falle eines Konkurses müssen Rechnungen da sein, sonst kann man als nachlässiger Schuldner bestraft werden.

Laura. Wenn die finanzielle Lage des Hauses schlecht ist, so ist das nicht meine Schuld.

Rittmeister. Das ist es gerade, was durch die Rechnungen festgestellt werden soll.

Laura. Wenn der Pächter nicht zahlt, so kann ich nichts dafür.

Rittmeister. Wer empfahl den Pächter aufs Wärmste? Du! Warum empfahlst du einen solchen — sagen wir — Lumpenkerl?

Laura. Warum nahmst du denn den Lumpenkerl?

Rittmeister. Weil ich nicht ruhig essen, nicht ruhig schlafen, nicht ruhig arbeiten konnte, bevor ihr ihn hierher bekommen hattet. Du wolltest ihn haben, weil dein Bruder ihn los sein wollte, die Schwiegermutter wollte ihn haben, weil ich ihn nicht haben wollte, die Gouvernante wollte ihn haben, weil er Pietist war, und die alte Margarethe, weil sie seine Großmutter von Kind auf gekannt hatte. Darum wurde er genommen, und hätte ich ihn nicht genommen, dann säße ich nun im Irrenhause oder läge in der Familiengruft. Indessen, hier ist das Wirtschaftsgeld und dein Nadelgeld. Die Rechnungen kannst du mir ja hernach geben.

Laura (verneigt sich). Danke vielmals! — Führst du auch über das Rechnung, was du selbst außer dem Hause ausgiebst?

Rittmeister. Das geht doch dich nichts an.

Laura. Nein, allerdings ebenso wenig, wie mich die Erziehung meines Kindes etwas angeht. Haben die Herren nun nach abendlicher Beratung ihren Beschluß gefaßt?

Rittmeister. Ich hatte bereits im voraus meinen Beschluß gefaßt, und ich hatte ihn darum nur dem einzigen persönlichen und Familienfreunde mitzuteilen. Bertha soll in der Stadt in Pension gegeben werden und in vierzehn Tagen abreisen.

Laura. Bei wem soll sie in Pension gegeben werden, wenn ich fragen darf?

Rittmeister. Bei Auditeur Säfberg.

Laura. Dem Freidenker?

Rittmeister. Das Kind soll in den Anschauungen des Vaters erzogen werden, nach den Bestimmungen des Gesetzes.

Laura. Und die Mutter hat in der Frage nichts mitzureden?

Rittmeister. Durchaus nichts! Sie hat ihr Erstgeburtsrecht gesetzmäßig verkauft, und auf ihre Rechte dafür verzichtet, daß der Mann ihre und ihres Kindes Versorgung übernimmt.

Laura. Also kein Recht über ihr Kind?

Rittmeister. Nein, keines! Hat man eine Ware einmal verkauft, so kann man sie nicht wieder bekommen und zugleich das Geld behalten.

Laura. Aber wenn nun Vater und Mutter zusammen beschließen würden —

Rittmeister. Wie sollte das geschehen können. Ich will, daß sie in der Stadt wohnt, du willst, daß sie hier bleibt. Das arithmetische Mittel würde sein, daß sie auf der Eisenbahnstation mitten zwischen der Stadt und ihrem Heim bliebe. Das ist ein Knoten, der nicht gelöst werden kann, siehst du!

Laura. Dann müßte er zerhauen werden! Was wollte Nöjd hier?

Rittmeister. Das ist mein Amtsgeheimnis!

Laura. Das die ganze Küche bereits kennt.

Rittmeister. Gut, dann mußt du es ja auch kennen!

Laura. Ich kenne es auch.

Rittmeister. Und hast dein Urteil natürlich bereits fertig?

Laura. Das steht im Gesetze geschrieben!

Rittmeister. Im Gesetze steht nicht geschrieben, wer der Vater des Kindes ist.

Laura. Nein, aber das kann man gewöhnlich wissen.

Rittmeister. Kluge Leute behaupten, daß man das niemals wissen könne.

Laura. Das wäre doch merkwürdig! Kann man nicht wissen, wer der Vater eines Kindes ist?

Rittmeister. Man behauptet: nein!

Laura. Das wäre doch seltsam! Wie kann der Vater denn solche Rechte über das Kind der Frau haben?

Rittmeister. Er hat das auch nur in dem Fall, daß er Verpflichtungen übernimmt, oder sich Verpflichtungen auferlegt. Und in der Ehe waltet ja kein Zweifel über die Vaterschaft.

Laura. Waltet dort kein Zweifel darüber?

Rittmeister. Nein, ich hoffe es!

Laura. Na, wenn nun aber die Gattin untreu wäre?

Rittmeister. Ein derartiger Fall liegt hier nicht vor! Hast du sonst noch etwas zu fragen!

Laura. Nein!

Rittmeister. Dann gehe ich in mein Zimmer hinauf, und du kannst so gut sein, mich davon in Kenntnis zu setzen, wenn der Doktor kommt. (Er verschließt den Sekretär und steht auf.)

Laura. Soll geschehen!

Rittmeister (geht nach der Tapetenthür rechts). Sogleich, wenn er kommt, denn ich will nicht unartig gegen ihn sein. Du verstehst! (Ab durch die Tapetenthür rechts hinten.)

Laura. Ich verstehe!

Fünfter Auftritt.

Laura. Schwiegermutter im Zimmer links hörbar. Henrik. Der Doktor.

Laura (betrachtet das Geld, das sie in der Hand hält).

Die Stimme der Schwiegermutter (von außen links). Laura!

Laura. Ja, Mutter!

Die Stimme der Schwiegermutter (ebenso). Ist mein Thee fertig?

Laura (an der Thüre zum Nebenzimmer links). Ja, sofort!
Henrik (öffnet die Mittelthür und meldet). „Doktor Oestermark."
Doktor (eintretend). Gnädige Frau!
Laura (geht ihm entgegen und reicht ihm die Hand). Seien Sie willkommen, Herr Doktor! Herzlich willkommen! Mein Mann ist ausgegangen, er kommt aber sofort wieder.
Doktor. Ich bitte um Entschuldigung, daß ich so spät komme, aber ich habe bereits Krankenbesuche gemacht.
Laura (zeigt nach dem Stuhl am Sofatisch rechts). Seien Sie so gut, Platz zu nehmen! Ich bitte sehr! (Sie setzt sich auf das Sofa.)
Doktor. Danke, gnädige Frau! (Er nimmt den angewiesenen Platz ein.)
Laura. Ja, es giebt zur Zeit viel Kranke hier in der Gegend, aber ich hoffe, Sie werden sich dennoch gefallen, und für uns, die wir hier in Einsamkeit auf dem Lande sitzen, ist es von großer Wichtigkeit, einen Arzt zu finden, der sich für seine Klienten interessiert; und von Ihnen, Herr Doktor, habe ich soviel Gutes gehört, daß ich hoffe, zwischen uns wird das beste Einvernehmen herrschen.
Doktor. Sie sind allzu gütig, gnädige Frau, aber ich hoffe um Ihretwillen, daß mein Besuch nicht allzu häufig gewünscht werden wird. Ihre Familie ist ja im allgemeinen gesund und —
Laura. Ja, akute Krankheiten haben wir, Gott sei Dank, nicht gehabt, aber es ist doch nicht alles, wie es sein sollte.
Doktor. Nicht?
Laura. Es ist, weiß Gott, nicht alles so gut, wie wir es wünschen möchten.
Doktor. O! Sie erschrecken mich!
Laura. Es kommen in einer Familie Verhältnisse vor, die man der Ehre und des Gewissens willen vor der ganzen Welt verbergen muß —
Doktor. Ausgenommen vor dem Arzt.
Laura. Darum ist es meine schmerzliche Pflicht, Ihnen vom ersten Augenblick an die ganze Wahrheit zu sagen.
Doktor. Können wir diese Unterredung nicht aufschieben, bis ich die Ehre gehabt habe, dem Herrn Rittmeister vorgestellt zu werden?

Laura. Nein! Sie müssen mich erst hören, bevor Sie
ihn sehen.
Doktor. Es handelt sich also um ihn?
Laura. Um ihn, meinen armen, geliebten Mann!
Doktor. Sie machen mich unruhig, gnädige Frau, und
ich nehme Anteil an Ihrem Unglück, glauben Sie mir!
Laura (zieht das Taschentuch hervor). Mein Mann ist gemüts=
krank. Nun wissen Sie alles und nun müssen Sie selbst
urteilen.
Doktor. Was sagen Sie? Ich habe mit Bewunderung
die trefflichen Abhandlungen des Herrn Rittmeister über
Mineralogie gelesen und ich habe immer einen klaren und
starken Verstand darin gefunden.
Laura. Wirklich? Es würde mich freuen, wenn wir, alle
seine Angehörigen, uns geirrt haben sollten.
Doktor. Aber es könnte ja wohl sein, daß sein Seelen=
leben auf andern Gebieten gestört ist. Bitte, erzählen Sie!
Laura. Das ist es auch, was wir fürchten! Sehen Sie,
er hat bisweilen die bizarrsten Ideen, die er ja wahrlich als
Gelehrter für sich selbst haben könnte, wenn sie nicht störend
auf den Bestand des ganzen Hauses einwirkten. So zum
Beispiel hat er die Leidenschaft, alles Mögliche zu kaufen.
Doktor. Das ist bedenklich; aber was kauft er denn?
Laura. Ganze Kisten Bücher, die er niemals liest.
Doktor. Na, daß ein Gelehrter Bücher kauft, ist noch nicht
gefährlich.
Laura. Sie glauben nicht, was ich sage?
Doktor. Ja, gnädige Frau, ich bin überzeugt, daß Sie
glauben, was Sie sagen.
Laura. Aber ist es denn vernünftig, daß ein Mensch in
einem Mikroskop sehen kann, was auf einem andern Pla=
neten geschieht?
Doktor. Sagt er, er könne das?
Laura. Ja, das sagt er.
Doktor. In einem Mikroskop?
Laura. In einem Mikroskop! Ja!
Doktor. Wenn es so ist, ist es allerdings bedenklich!
Laura. Wenn es so ist! Sie haben also kein Vertrauen

zu mir, Herr Doktor, und ich sitze hier und weihe Sie
das Familiengeheimnis ein —

Doktor. Gnädige Frau, Ihr Vertrauen ehrt mich, ab
als Arzt muß ich selbst untersuchen, selbst prüfen, bevor
urteile. Hat der Herr Rittmeister jemals Symptome v
Launenhaftigkeit, Unbeständigkeit im Willen gezeigt?

Laura. Ob er das hat? Wir sind zwanzig Jahre v
heiratet, und er hat noch niemals einen Entschluß gefa
ohne ihn wieder zu ändern.

Doktor. Ist er eigensinnig?

Laura. Er muß immer seinen Willen durchsetzen; ab
wenn er ihn durchgesetzt hat, dann giebt er ihn auf u
bittet mich, die Entscheidung zu treffen.

Doktor. Das ist bedenklich und erfordert genaue Beoba
tung. Der Wille, sehen Sie, gnädige Frau, ist gleichsa
das Rückgrat der Seele; wird er verletzt, dann fällt
Seele zusammen.

Laura. Und Gott weiß, daß ich in diesen langen Pr
fungsjahren lernen mußte, seinen Wünschen entgegenzuko
men. O wenn Sie wüßten, welches Leben ich an sein
Seite durchgekämpft habe, wenn Sie wüßten!

Doktor. Gnädige Frau, Ihr Unglück geht mir zu Herze
und ich verspreche Ihnen zu versuchen, was ich irgend
thun vermag. Ich beklage Sie von ganzem Herzen u
bitte Sie, sich auf mich unbedingt zu verlassen. Aber na
dem, was ich gehört habe, möchte ich Sie um eines bitt
Vermeiden Sie es, Gedanken in dem Kranken zu erweck
die einen starken Eindruck auf ihn machen können, denn
einem weichen Gehirn entwickeln sie sich schnell und werd
leicht zu Monomanieen oder fixen Ideen. Sie versteh
mich doch?

Laura. Man muß also vermeiden, seinen Argwohn
erregen!

Doktor. Ganz gewiß! Denn einem Kranken kann man a
Mögliche einimpfen, gerade weil er für alles empfänglich

Laura. Ja. Nun begreife ich! Ja! — Ja! (Es kli
im Nebengemach links; sie erhebt sich, der Doktor ebenfalls.)
zeihen Sie, meine Mutter hat mir etwas zu sagen. Ei
Augenblick — Ah, da ist ja auch Adolf. (Sie geht nach links

Sechster Auftritt.

Der Doktor. Der Rittmeister durch die Tapetenthür.

Rittmeister (linke Seite). Ah, Sie sind schon hier, Herr Doktor! Herzlich willkommen bei uns!

Doktor. Herr Rittmeister, es ist mir höchst interessant, die Bekanntschaft eines so berühmten Gelehrten zu machen.

Rittmeister. O ich bitte. Mein Dienst gestattet mir keine eingehenderen Forschungen, aber ich glaube allerdings trotzdem einer Entdeckung auf der Spur zu sein.

Doktor. So!

Rittmeister. Sehen Sie, ich habe Meteorsteine einer Spektralanalyse unterworfen und Kohle darin gefunden, Spuren von organischem Leben! Was sagen Sie davon?

Doktor. Können Sie das im Mikroskop sehen?

Rittmeister. Nein, zum Teufel! Aber im Spektroskop!

Doktor. Ah, im Spektroskop! Entschuldigen Sie. Na, dann können Sie uns ja bald sagen, was auf dem Jupiter geschieht.

Rittmeister. Nicht was dort geschieht, sondern was geschehen ist. Wenn nur der unselige Buchhändler in Paris mir die Bücher schicken möchte, aber ich glaube alle Buchhändler der Welt haben sich gegen mich verschworen. Denken Sie, daß ich seit zwei Monaten nicht eine einzige Antwort auf Anfragen, Briefe und ärgerliche Telegramme erhalten habe. Ich werde ganz wild darüber und ich kann nicht begreifen, wie das zusammenhängt!

Doktor. O das ist wohl nur die gewöhnliche Bummelei, und Sie sollten sich über die Sache nicht so ärgern.

Rittmeister. Ja, aber zum Teufel, ich kann meine Abhandlung nicht zur Zeit fertig stellen, und ich weiß, daß man sich in Berlin mit derselben Sache beschäftigt. Aber davon wollten wir nun nicht reden, sondern von Ihnen. Wenn Sie hier wohnen wollen, so haben wir ein kleines Zimmer im Hause leer stehen, oder wollen Sie in der alten Doktorwohnung bleiben?

Doktor. Ganz wie Sie wünschen.

Rittmeister. Nein, wie Sie wollen! Bitte sehr.

Doktor. Das müssen der Herr Rittmeister bestimmen!

Rittmeister. Nein, ich bestimme es nicht. Sie müssen sagen, was Sie wollen. Ich habe darin keinen Willen. Durchaus keinen.

Doktor. Nein, aber ich kann doch nicht bestimmen —

Rittmeister. Zum Donnerwetter, antworten Sie, Herr wie Sie es haben wollen. Ich habe in diesem Falle keinen Willen, keine Meinung, keinen Wunsch! Sind Sie solch eine Schlafmütze, daß Sie nicht wissen, was Sie wollen! Antworten Sie, oder ich werde böse!

Doktor. Wenn es auf mich ankommt, so wohne ich lieber hier.

Rittmeister. Gut! Danke Ihnen! — Ah —! Entschuldigen Sie mich, Herr Doktor, aber es giebt nichts, was mich so ärgert, als wenn ich jemand sagen höre, ihm ist etwas gleichgültig. (Er klingelt.)

Siebenter Auftritt.

Die Vorigen. Die Amme kommt durch die Mittelthür und nimmt die Mitte.

Rittmeister. Ach, du bist es, Margarethe. Höre, meine Liebe, weißt du, ob das Zimmer für den Herrn Doktor in Ordnung ist?

Amme. Ja, Herr Rittmeister, das ist es!

Rittmeister. So! Dann will ich Sie nicht länger aufhalten, Herr Doktor, da Sie vielleicht müde sind. Leben Sie wohl solange und seien Sie nochmals willkommen; wir sehen uns hoffentlich morgen.

Doktor. Guten Abend, Herr Rittmeister!

Rittmeister. Und ich vermute, daß meine Gattin Sie einigermaßen in die Verhältnisse eingeweiht hat, sobaß Sie wissen, wie es hier in der Gegend steht.

Doktor. Ihre Frau Gemahlin war so gütig, mir über das eine und andere Winke zu geben, die einem Uneingeweihten nötig sein können. Guten Abend, Herr Rittmeister. (Er geht durch die Mitte ab.)

Achter Auftritt.

Die Amme. Der Rittmeister.

Rittmeister. Was willst du, meine Liebe? Ist etwas los?
Amme. Wollen Sie mich nun hören, Herr Adolfchen?
Rittmeister. Ja, alte Margarethe. Sprich nur. Du bist die Einzige, die ich anhören kann, ohne wütend zu werden.
Amme. Wohlan! Sollten Sie, Herr Adolf, nicht der Frau halbwegs entgegenkommen und sich mit ihr über die Geschichte mit dem Kinde einigen können. Denken Sie, eine Mutter —
Rittmeister. Bedenke, Margarethe, ein Vater!
Amme. Ja, ja, ja! Ein Vater hat noch anderes als sein Kind, aber eine Mutter hat nur ihr Kind.
Rittmeister. Du hast recht, Alte. Sie hat nur eine Last, aber ich habe deren drei, und die ihre trage ich auch noch. Glaubst du nicht, ich hätte eine andere Stellung im Leben einnehmen können als die eines alten Soldaten, wenn ich nicht sie und ihr Kind gehabt hätte.
Amme. Ja, davon wollte ich nicht reden.
Rittmeister. Nein, das glaube ich wohl, denn du willst, ich soll einräumen, daß ich unrecht habe.
Amme. Glauben Sie nicht, Herr Adolf, daß ich Ihnen wohl will?
Rittmeister. Ja, meine Liebe, ich glaube es, aber du weißt nicht, was mein Wohl ist. Siehst du, es genügt mir nicht, dem Kinde das Leben gegeben zu haben, ich will ihm auch meine Seele geben.
Amme. Ja, sehen Sie, das verstehe ich nun nicht. Aber trotzdem scheint mir, müßte man sich einigen können.
Rittmeister. Du bist nicht meine Freundin, Margarethe!
Amme. Ich? Ach Gott, wie können der Herr Adolf so etwas sagen! Glauben Sie, ich könnte vergessen, daß Sie mein Kind waren, als Sie noch klein waren.
Rittmeister. Na, du Gute, habe ich das vergessen? Du bist mir wie eine Mutter gewesen, du hast es bis jetzt mit mir gehalten, wenn ich alle gegen mich hatte, aber nun

da es darauf ankommt, nun läßt du mich im Stich und gehst zum Feinde über!

Amme. Zum Feinde!

Rittmeister. Ja, zum Feinde! Du weißt wohl, wie es hier im Hause steht, du, die alles von Anfang bis Ende gesehen hat.

Amme. Ich habe genug gesehen! Aber, mein Gott, sollen zwei Menschen denn einander zu Tode quälen; zwei Menschen, die sonst so gut sind und allen andern wohl wollen. Niemals ist die Frau so gegen mich oder andere —

Rittmeister. Nur gegen mich, ich weiß es wohl. Aber nun sage ich dir, Margarethe, wenn du mich jetzt verläßt, dann begehst du Sünde. Denn nun werden ringsum Ränke gesponnen, und der Doktor ist auch nicht mein Freund.

Amme. Ach Herr Adolf, Sie glauben von allen Menschen Böses, aber sehen Sie, das kommt daher, daß Sie nicht den wahren Glauben haben, ja, sehen Sie, so ist es.

Rittmeister. Aber du und die Baptisten, ihr habt den einzig wahren Glauben gefunden. Du bist glücklich!

Amme. Ja, so unglücklich wie Sie, Herr Adolf, bin ich nicht! Beugen Sie Ihr Herz und Sie werden sehen, daß Sie Gott in Liebe zum Nächsten glücklich machen wird.

Rittmeister. Es ist merkwürdig, daß, sobald du nur von Gott und der Liebe redest, deine Stimme gleich so hart und deine Augen so haßerfüllt werden. Nein, Margarethe, du hast sicher nicht den wahren Glauben.

Amme. Ja, seien Sie nur stolz und fest bei Ihrer Lehre. Sie hilft doch nicht weit, wenn es drauf ankommt.

Rittmeister. Wie hochmütig du sprichst, demütiges Herz. Wohl weiß ich, daß solchen Tieren gegenüber, wie ihr es seid, keine Lehre hilft.

Amme. Sie sollten sich schämen. Aber die alte Margarethe hält doch am meisten von ihrem großen, großen Jungen, und er wird schon wiederkommen, als artiges Kind, wenn ein Unwetter heraufzieht.

Rittmeister. Margarethe! Verzeihe, aber glaube mir, hier ist keiner, der mir wohl will, außer dir. Hilf mir, denn ich fühle, daß sich etwas ereignen wird. Ich weiß nicht, was es ist, aber was jetzt geschieht, ist nicht recht. (Er

Der Vater.   23

drei Berthas aus dem Nebenzimmer links.) Was giebt's? Wer
schreit da!

Neunter Auftritt.

Der Rittmeister. Bertha aus dem Nebenzimmer links.

Amme (entfernt sich langsam und unbemerkt nach links).
Bertha. Papa, Papa, hilf mir! Rette mich!
Rittmeister (rechte Seite). Was ist meinem geliebten Kinde!
Sprich!
Bertha. Hilf mir! Ich glaube, sie will mir etwas Böses
anthun!
Rittmeister. Wer will dir etwas Böses anthun? Sprich!
Rede!
Bertha. Großmutter! Aber es war meine Schuld, denn
ich machte sie zum Narren!
Rittmeister. Erzähle!
Bertha. Ja, aber du mußt ihr nichts sagen! Hörst du,
ich bitte dich!
Rittmeister. Na, aber so sage doch, was es ist!
Bertha. Ja! — Sie pflegt des Abends die Lampe herab=
zuschrauben und dann setzt sie mich an den Tisch mit einer
Feder in der Hand über einem Blatt Papier. Und dann
sagt sie, die Geister werden schreiben.
Rittmeister. Was! Und davon hast du mir nichts erzählt!
Bertha. Verzeihe, aber ich durfte nicht, denn Großmutter
sagt, die Geister rächen sich, wenn man davon spricht. Und
dann schreibt die Feder, aber ich weiß nicht, ob ich das bin.
Und bisweilen geht es gut, bisweilen geht es aber auch
gar nicht. Und wenn ich müde werde, dann geht es nicht,
und es soll doch trotzdem gehen. Und heute Abend, da
glaubte ich, ich schriebe sehr gut, aber Großmutter sagte,
es wäre aus Stagnelius, und ich hätte sie zum Narren
gemacht; und da wurde sie so entsetzlich böse.
Rittmeister. Glaubst du, daß es Geister giebt?
Bertha. Ich weiß nicht!
Rittmeister. Aber ich weiß, daß es keine giebt.
Bertha. Aber Großmutter sagt, du Papa verstehst das
nicht und giebst dich mit viel schlimmeren Dingen ab und
du behauptest, nach andern Planeten hinübersehen zu können.

Rittmeister. Sagt sie das! Sagt sie das! Was sagt noch mehr?

Bertha. Sie sagt, du kannst nicht hexen!

Rittmeister. Das habe ich auch nicht behauptet. Du weißt was Meteorsteine sind! Es sind Steine, die von andern Himmelskörpern herniederfallen. Sie kann ich untersuchen und sagen, ob sie dieselben Stoffe wie unsere Erde enthalten. Das ist alles, was ich sehen kann.

Bertha. Aber Großmutter sagt, es giebt Dinge, die sie sehen kann, die du aber nicht sehen kannst.

Rittmeister. Siehst du, das lügt sie!

Bertha. Großmutter lügt nicht!

Rittmeister. Warum nicht?

Bertha. Dann lügt Mama auch!

Rittmeister. Hm!

Bertha. Wenn du sagst, Mama lügt, dann glaube ich dir niemals mehr!

Rittmeister. Das habe ich ja nicht gesagt, und darum sollst du mir glauben, wenn ich dir sage, daß dein Wohl, deine Zukunft es verlangen, daß du dieses Haus verläßt. Willst du das? Willst du nach der Stadt kommen und etwas Nützliches lernen!

Bertha. Ach ja, ich möchte gern zur Stadt, fort von hier, wohin es auch sei! Wenn ich dich nur bisweilen, nein, häufig zu sehen bekomme. Ach, dort drinnen ist es immer so düster, so finster, als wenn es Winternacht wäre, aber wenn du kommst, Vater, dann ist es, als wenn man an einem Frühlingsmorgen die Doppelfenster abnimmt.

Rittmeister. Mein geliebtes Kind! Mein teures Kind!

Bertha. Aber Papa, du mußt gut gegen Mama sein, hörst du; sie weint so oft!

Rittmeister. Hm! — Du willst also zur Stadt?

Bertha. Ja! Ja!

Rittmeister. Aber wenn nun Mama es nicht will?

Bertha. Aber das muß sie ja wollen!

Rittmeister. Aber wenn sie es nun nicht will?

Bertha. Ja, dann weiß ich nicht, was da werden soll. Aber sie soll es wollen, sie soll!

Rittmeister. Willst du sie darum bitten?

Bertha. Du sollst sie recht hübsch bitten, denn auf mich hört sie ja doch nicht!

Rittmeister. Hm! — Na, wenn du es willst und ich will es, und sie will es nicht, was soll dann werden?

Bertha. Ach, dann giebt's wieder solchen Streit! Warum könnt ihr beide nicht —

Zehnter Auftritt.
Die Vorigen. Laura von links.

Laura (linke Ecke). Ach so, Bertha ist hier. Dann können wir vielleicht ihre eigene Meinung zu hören bekommen, da über ihr Schicksal entschieden werden soll.

Rittmeister. Das Kind kann wohl kaum eine begründete Meinung darüber haben, wie sich das Leben eines jungen Mädchens gestalten wird, was wir deswegen leichter beurteilen können, da wir gesehen haben, wie sich das Leben einer großen Anzahl Mädchen entwickelte.

Laura. Da wir aber verschiedener Meinung sind, kann ja Bertha den Ausschlag geben.

Rittmeister. Nein! Ich dulde keinen Eingriff in meine Rechte, weder von Weibern noch von Kindern. Bertha, laß uns allein!

Bertha (ab nach links).

Elfter Auftritt.
Rittmeister. Laura.

Laura (linke Seite). Du fürchtest ihre Entscheidung, weil du glaubst, sie könnte zu meinen Gunsten ausfallen.

Rittmeister. Ich weiß, daß sie selbst von Hause fort will, aber ich weiß auch, daß du die Macht hast, ihren Willen nach Wunsch zu ändern.

Laura. O — bin ich so mächtig?

Rittmeister. Ja, du hast eine satanische Macht, deinen Willen durchzusetzen; aber das hat stets derjenige, der kein Mittel scheut. Wie bekamst du zum Beispiel Doktor Norling fort und den neuen Doktor hierher?

Laura. Ja, wie bekam ich das?

Rittmeister. Du ärgertest jenen solange, bis er ging, und ließest deinen Bruder Stimmen für diesen werben.

Laura. Nun, das war ja ganz einfach und völlig gesetzlich. — Soll Bertha also fort?

Rittmeister. Ja, in vierzehn Tagen!

Laura. Ist das dein fester Beschluß?

Rittmeister. Ja!

Laura. Hast du mit Bertha davon gesprochen?

Rittmeister. Ja!

Laura. Dann darf ich wohl versuchen, es zu hindern!

Rittmeister. Das kannst du nicht!

Laura. Nicht! Glaubst du, eine Mutter läßt ihr Kind unter schlechte Menschen hinaus, um zu lernen, daß alles, was die Mutter ihm eingeprägt hat, Dummheiten sind, sodaß sie später ihr ganzes Lebenlang von ihrer Tochter verachtet wird.

Rittmeister. Glaubst du, ein Vater wird gestatten, daß unwissende und eingebildete Frauenzimmer die Tochter lehren, der Vater sei ein Charlatan?

Laura. Das würde für den Vater weniger zu sagen haben.

Rittmeister. Warum?

Laura. Weil die Mutter dem Kinde näher steht, seitdem man entdeckt hat, daß niemand eigentlich wissen könne, wer der Vater eines Kindes ist.

Rittmeister. Was hat das für eine Nutzanwendung in diesem Fall?

Laura. Du weißt ja nicht, ob du Berthas Vater bist!

Rittmeister. Weiß ich das nicht?

Laura. Nein, was keiner wissen kann, weißt du wohl auch nicht.

Rittmeister. Ist das Scherz oder Ernst?

Laura. Ich wende nur deine Lehren an. Übrigens, wieso weißt du, daß ich dir nicht untreu gewesen bin?

Rittmeister. Ich traue dir viel zu, aber das nicht, und auch nicht, daß du davon reden würdest, wenn es wahr wäre.

Laura. Angenommen, ich zöge es vor, verstoßen, verachtet zu werden, alles, was du willst, wenn ich nur mein Kind behalten und darüber verfügen könnte, und daß ich nun aufrichtig wäre, wenn ich erklärte: Bertha ist mein, aber nicht dein Kind! Angenommen —

Rittmeister. Höre nun damit auf!

Laura. Angenommen nur dies eine: dann wäre deine Macht zu Ende!

Rittmeister. Sobald du bewiesest, daß ich nicht der Vater bin!

Laura. Das wäre wohl nicht schwer! Würdest du das wollen?

Rittmeister. Höre nun damit auf, sage ich!

Laura. Ich brauchte natürlich nur den Namen des wirklichen Vaters anzugeben, Ort und Zeit näher zu bestimmen — zum Beispiel, wann ist Bertha geboren? Im dritten Jahre nach unserer Verheiratung —

Rittmeister. Genug damit! Sonst —

Laura. Sonst, was? Ja, wir wollen davon aufhören! Aber bedenke genau, was du thust und beschließt! Und mache dich vor allem nicht lächerlich!

Rittmeister. Ich finde dies alles äußerst traurig!

Laura. Desto lächerlicher bist du!

Rittmeister. Aber du nicht!

Laura. Nein, so schlau haben wir es eingerichtet.

Rittmeister. Darum eben kann man mit euch nicht streiten.

Laura. Warum läßt du dich denn mit einem überlegenen Feinde in Streit ein.

Rittmeister. Überlegen?

Laura. Ja! Eigen ist es, aber ich habe niemals einen Mann ansehen können, ohne mich ihm überlegen zu fühlen.

Rittmeister. Na, dann sollst du einmal einen zu sehen bekommen, der dir überlegen ist, sodaß du es niemals wieder vergißt.

Laura. Das wird interessant werden!

Zwölfter Auftritt.

Die Vorigen. Die Amme von links; linke Ecke.

Amme. Der Tisch ist gedeckt. Beliebt es den Herrschaften nicht, hineinzukommen und zu essen?

Laura. Ja, gern!

Rittmeister (zögert; setzt sich dann in einen Stuhl beim Sofatisch).
Laura. Willst du heut Abend nicht essen?
Rittmeister. Nein, danke, ich will nichts haben!
Laura. Wie? Bist du böse?
Rittmeister. Nein, aber ich habe keinen Hunger.
Laura. Komm nur, sonst wird man Fragen stellen, die — unnötig sind! Sei nun so gut! — Du willst nicht, so bleibe da! (Sie geht nach links ab.)

Dreizehnter Auftritt.
Der Rittmeister. Die Amme. Dann Henrik.

Amme. Herr Adolf! Was soll das heißen?
Rittmeister. Ja, ich weiß nicht, was es heißen soll. Kannst du mir erklären, wie ihr dazu kommt, einen alten Mann wie ein kleines Kind zu behandeln?
Amme. Das weiß ich nicht recht, aber das kommt wohl daher, daß alle Männer die Kinder der Frauen sind, die großen wie die kleinen —
Rittmeister. Aber kein Weib von einem Manne geboren ist. Ja, aber ich bin ja Berthas Vater. Sage, Margarethe, glaubst du das nicht? Glaubst du es nicht?
Amme. Ach Gott, wie kindlich er ist! Gewiß sind Sie der Vater Ihres Kindes. Kommen Sie nun essen und sitzen Sie nicht da und maulen! So! Kommen Sie nur!
Rittmeister (steht auf). Geh hinaus, Weib! Zur Hölle mit euch Hexen! (Er geht nach der Mittelthür.) Henrik! Henrik!
Henrik (kommt durch die Mitte). Herr Rittmeister!
Rittmeister. Laß den Schlitten anspannen, aber sofort!
Henrik (durch die Mitte ab).
Amme. Herr Rittmeister! Hören Sie —
Rittmeister. Hinaus Weib! Sogleich!
Amme. Bewahr uns Gott, was ist denn nun los?
Rittmeister (macht sich zum Ausfahren fertig). Erwartet mich nicht vor Mitternacht zu Hause. (Er geht durch die Mitte ab.)
Amme. Jesus helfe uns, was soll denn nun werden?

Zweiter Aufzug.

Dieselbe Dekoration.
Die Lampe brennt auf dem Tisch; es ist Nacht.

Erster Auftritt.
Der Doktor, Laura am Mitteltisch sitzend.

Doktor (rechte Seite). Nach dem, was ich bei unserer Unterredung herausbekommen konnte, ist die Sache mir noch nicht ganz klar. Es war erstens ein Mißverständnis von Ihnen, wenn Sie sagten, er wäre zu solch erstaunlichen Resultaten über andere Himmelskörper mit Hilfe eines Mikroskops gekommen. Nachdem ich nun gehört habe, daß es sich um ein Spektroskop handelt, so ist er in dieser Beziehung nicht nur von jedem Verdacht einer Sinnesverwirrung frei, sondern sogar in hohem Grade um die Wissenschaft verdient.

Laura. Ja, aber das habe ich auch niemals gesagt!

Doktor. Gnädige Frau, ich habe unsere Unterredung aufgeschrieben und erinnere mich, daß ich Sie gerade über den Hauptpunkt zweimal befragte, da ich glaubte, mich verhört zu haben. Man muß sehr gewissenhaft in solchen Anklagen sein, wenn es sich um die Unmündigkeitserklärung eines Mannes handelt.

Laura. Unmündigkeitserklärung?

Doktor. Ja, Sie wissen doch wohl, daß ein Wahnsinniger seine bürgerlichen und Familienrechte verliert.

Laura. Nein, das wußte ich nicht.

Doktor. Dann war da noch ein Punkt, der mir verdächtig erschien. Er sprach davon, daß sein Briefwechsel mit den Buchhändlern unbeantwortet blieb. Gestatten Sie mir die Frage, ob Sie in unverständiger, aber guter Absicht Briefe aufgefangen haben.

Laura. Ja, das habe ich. Aber es war doch meine Pflicht, über das Interesse des Hauses zu wachen und ich konnte ihn nicht ohne Widerspruch uns alle ruinieren lassen.

Doktor. Entschuldigen Sie, aber ich glaube, Sie haben die Folgen einer solchen That nicht beurteilen können. Sollte er Ihre geheimen Eingriffe in seine Angelegenheiten entdecken, dann ist sein Argwohn begründet und wächst alsdann wie eine Lawine. Außerdem haben Sie dadurch seinem Willen Hindernisse in den Weg gelegt und aufs Äußerste seine Reizbarkeit erregt. Sie haben wohl selbst bereits manchmal empfunden, wie es in der Seele wehthut, wenn unsern innigsten Wünschen entgegengearbeitet, wenn unser Wollen beengt wird.

Laura. Ob ich das empfunden habe!

Doktor. Na, urteilen Sie dann, wie es für ihn gewesen ist.

Laura (erhebt sich). Es ist Mitternacht, und er ist noch nicht nach Hause gekommen. Nun kann man das Schlimmste befürchten.

Doktor (ebenso). Aber sagen Sie mir, gnädige Frau, was ist denn heut Abend seit meinem Fortgang geschehen? Ich muß alles wissen.

Laura. Er phantasierte und hatte die sonderbarsten Ideen. Können Sie sich denken: solche Einfälle, wie, daß er nicht der Vater seines Kindes sei.

Doktor. Das wäre eigentümlich. Aber wie kam er auf den Gedanken?

Laura. Ich weiß es nicht recht, es sei denn daher, daß er ein Verhör mit einem seiner Soldaten über eine Alimentationssache hatte, und als ich die Partei des Mädchens nahm, ereiferte er sich und sagte, niemand könnte sagen, wer der Vater eines Kindes sei. Gott weiß, daß ich mir alle Mühe gab ihn zu beruhigen, aber nun glaube ich, ist keine Hilfe mehr. (Sie weint.)

Doktor. Aber das kann nicht so fortgehen; hier muß etwas geschehen, ohne daß man jedoch seinen Argwohn erweckt. Sagen Sie mir, hat der Herr Rittmeister früher solche Grillen gehabt?

Laura. Vor sechs Jahren war dieselbe Geschichte, und damals erklärte er selbst, ja sogar in einem eigenen Brief an den Arzt, daß er für seinen Verstand fürchte.

Doktor. Ja, ja, ja, das ist eine Geschichte, die natürlich tiefe Wurzeln hat, und die Unverletzlichkeit des Familien-

lebens — und alles Derartige — fordert, daß ich nicht
nach allem frage, sondern mich an das halte, was ich sehe.
Was geschehen ist, kann leider nicht ungeschehen gemacht
werden, und die Behandlung müßte sich doch auf dem Ge=
schehenen aufbauen. — Wo glauben Sie, daß er nun ist?

Laura. Davon habe ich keine Ahnung. Aber er hat jetzt
so wilde Einfälle.

Doktor. Wollen Sie, daß ich seine Rückkehr abwarten
soll? Ich könnte ja, um nicht seinen Verdacht zu erregen,
sagen, ich besuchte Ihre Frau Mutter, die unpäßlich sei.

Laura. Ja, das geht sehr gut. Ja, Sie müssen uns
nicht verlassen, Herr Doktor; wenn Sie wüßten, wie un=
ruhig ich bin. Aber wäre es nicht besser, ihm geradezu zu
sagen, was Sie von seinem Zustand halten.

Doktor. Das sagt man Gemütskranken niemals, bevor
sie selbst davon sprechen, und auch dann nur ausnahmsweise.
Das hängt ganz davon ab, welche Wendung die Sache
nimmt. Aber hier dürfen wir nicht bleiben, vielleicht kann
ich mich in das Zimmer nebenan zurückziehen, dann sieht es
natürlicher aus.

Laura. Ja, das ist das beste, und die alte Margarethe
kann hier sitzen. Sie pflegt immer zu wachen, wenn er
fort ist, und sie ist auch die einzige, die einige Macht über
ihn hat! (Sie geht zur Thür links.) Margarethe! Margarethe!

Zweiter Auftritt.

Die Vorigen. Die Amme von links.

Amme. Was wünschen die gnädige Frau von mir? Ist
der Herr nach Hause gekommen?

Laura. Nein, aber du sollst hier sitzen bleiben und ihn
erwarten; und wenn er kommt, sollst du ihm sagen, meine
Mutter sei krank und der Doktor deswegen gerufen.

Amme. Ja, ja; ich werde schon zusehen, daß alles gut
geht.

Laura (öffnet die Thür zum Nebenzimmer links). Wollen der
Herr Doktor so gut sein, einzutreten!

Doktor. Danke, gnädige Frau! (Beide ab nach links.)

Dritter Auftritt.

Die Amme. Dann Bertha.

Amme (sich am Mitteltisch setzend; nimmt ein Gesangbuch und eine Brille aus der Tasche). Ja, ja! Ja, ja! (Liest halblaut.)

„Das Leben ist ein ärmlich Gut
Und nimmt gar bald ein Ende.
Der Todesengel nimmer ruht
Und mahnt so oft behende:
O Eitelkeit! Vergänglichkeit!"

Ja, ja! Ja, ja!

„Was atmet auf dem Erdenrund,
Das trifft sein Schwert ohn' Gnade.
Und Kummer ward uns jeder Stund',
Der bahnt des Todes Pfade.
O Eitelkeit! Vergänglichkeit!"

Ja, ja!

Bertha (ist währenddessen mit einer Theetasse und einer Stickerei von links gekommen und sagt leise). Margarethe, darf ich mich zu dir setzen? Es ist so grauerig dort drinnen!

Amme. Ach du meine Güte! Ist Bertha noch auf?

Bertha (setzt sich zur Amme an den Mitteltisch; linke Seite). Ich muß an Papas Weihnachtsgeschenk nähen, siehst du. Und hier habe ich etwas Schönes für dich!

Amme. Ja, aber liebes Herzenskind, das geht ja nicht. Bertha soll ja morgen zeitig auf; und die Uhr ist über zwölf.

Bertha. Na, was macht das. Ich mag dort oben nicht allein sitzen, denn ich glaube, es spukt.

Amme. Sieh! Sieh! Was sagte ich! Ja, ihr werdet noch die Wahrheit meiner Worte erkennen; dieses Haus ruht auf schlechtem Grund. Was hörte Bertha denn?

Bertha. Ach, weißt du, ich hörte jemand oben auf dem Boden singen.

Amme. Auf dem Boden? Jetzt eben?

Bertha. Ja, es war ein so trauriger, so trauriger Gesang, wie ich noch keinen gehört habe. Und es war, als wenn es von der Dachkammer kam, wo die Wiege steht; du weißt, die zur Linken —

Amme. Hu! Hu! Es ist heut' Nacht auch solch' ein Teufelswetter! Ich glaube, der Schornstein kommt noch herab. „Ach, das Leben hier auf Erden? Nichts als Plage und Beschwerden. Und wenn es recht köstlich war, war es Mühe immerdar." Ja, liebes Kind, Gott schenke uns ein frohes Weihnachtsfest!

Bertha. Margarethe, ist es wahr, daß Papa krank ist?

Amme. Jawohl, das ist er!

Bertha. Dann werden wir wohl das Weihnachtsfest nicht feiern können. Aber wie kann er aufsein, wenn er krank ist?

Amme. Ja, mein Kind, er hat eine Krankheit, mit der er aufsein kann. Still, ich höre Schritte im Vorflur. Geh und lege dich nun zu Bett und nimm deine Tasse mit; sonst wird der Herr böse.

Bertha (hat sich erhoben und geht mit dem Tablett nach links ab). Gute Nacht, Margarethe!

Amme. Gute Nacht, mein Kind, Gott segne dich!

Vierter Auftritt.

Die Amme. Der Rittmeister durch die Mitte.

Rittmeister (legt hinten seine Überkleider ab). Bist du noch auf. Geh zu Bett!

Amme. Ach, ich wollte nur auf Sie warten.

Rittmeister (zündet ein Licht am Sekretär links vorn an, öffnet ihn, setzt sich an die Klappe und nimmt Briefe und Zeitungen aus der Tasche).

Amme. Herr Adolf!

Rittmeister. Was willst du von mir?

Amme. Die alte Frau ist krank. Und der Doktor ist hier!

Rittmeister. Ist es gefährlich?

Amme. Nein, das glaube ich nicht. Es ist nur eine Erkältung.

Rittmeister (steht auf und tritt zu ihr an den Mitteltisch). Wer war der Vater deines Kindes, Margarethe?

Amme. Ach, ich habe ja so oft erzählt, daß es der Taugenichts, der Johanson, war.

Rittmeister. Bist du sicher, daß er es war?

Amme. Nein, wie kindlich; gewiß bin ich dessen sicher, d
er der Einzige war —

Rittmeister. Ja, war er aber sicher, daß er der Einzig
war? Nein, das konnte er nicht sein, aber du konnte
darüber sicher sein. Siehst du, das ist der Unterschied i
der Sache.

Amme. Nein, ich sehe keinen Unterschied dabei.

Rittmeister. Nein, du kannst das nicht sehen, aber de
Unterschied ist trotzdem da! (Er blättert in einem Photographie
album auf dem Mitteltisch.) Findest du, daß Bertha mir ähnelt
(Er betrachtet ein Porträt im Album.)

Amme. Ja, wie ein Ei dem andern.

Rittmeister. Erkannte Johanson an, daß er der Vater sei

Amme. O dazu war er wohl gezwungen.

Rittmeister. Es ist entsetzlich! — Da ist der Doktor!

Fünfter Auftritt.

Der Rittmeister. Die Amme. Der Doktor von links; linke Ecke.

Rittmeister. Guten Abend, Herr Doktor. Wie steht e
mit meiner Schwiegermutter?

Doktor. Es ist nicht gefährlich; es ist nur eine kleine Ver=
renkung des linken Fußes.

Rittmeister. Ich glaube, Margarethe sagte, es wäre eine
Erkältung. Die Auffassung der Sache scheint also eine sehr
verschiedene zu sein. Geh zu Bett, Margarethe!

Amme (geht durch die Mitte hinaus).

Sechster Auftritt.

Der Rittmeister. Der Doktor.

(Pause.)

Rittmeister. Seien Sie so gut, Platz zu nehmen, Herr
Doktor.

Doktor (setzt sich am Mitteltisch; linke Seite). Danke!

Rittmeister (ebenso; rechte Seite). Ist es wahr, daß man
streifige Fohlen bekommt, wenn man ein Zebra mit einer
Stute kreuzt?

Doktor (verwundert). Ganz gewiß!

Rittmeister. Ist es wahr, daß die nächsten Fohlen auch dreifig werden, wenn man die Kreuzung mit einem Hengst fortsetzt?

Doktor. Ja, das ist auch wahr.

Rittmeister. Also kann unter gewissen Umständen ein Hengst der Vater gestreifter Fohlen und umgekehrt sein?

Doktor. Ja! So scheint es.

Rittmeister. Das heißt: die Ähnlichkeit eines Nachkommen mit dem Vater beweist nichts.

Doktor. O —

Rittmeister. Das heißt: die Vaterschaft kann überhaupt nicht bewiesen werden.

Doktor. O —!

Rittmeister. Sie sind Witwer und haben ein Kind gehabt.

Doktor. Ja — a . . .

Rittmeister. Fühlten Sie sich nicht bisweilen lächerlich als Vater. Ich weiß nichts, das so komisch ist, als wenn ein Vater mit seinem Kinde auf der Straße spazieren geht, oder wenn ich einen Vater von seinem Kinde reden höre. „Das Kind meiner Frau," sollte er sagen. Fühlten Sie niemals das Falsche in Ihrer Stellung, hatten Sie niemals Anfechtungen von Zweifel, ich will nicht sagen Verdacht, denn ich nehme als Gentleman an, daß Ihre Gattin über jedem Verdacht erhaben war?

Doktor. Nein, das hatte ich wirklich niemals, aber sehen Sie, Herr Rittmeister, seine Kinder muß man auf Treu und Glauben hinnehmen, sagt Goethe, glaube ich.

Rittmeister. Treu und Glauben, wenn es sich um ein Weib handelt. Das ist bedenklich.

Doktor. Ach, es giebt so verschiedenartige Frauen.

Rittmeister. Neuere Forschungen haben bewiesen, daß es nur eine Art giebt! Als ich jung war, war ich ein flotter und — jetzt kann ich es ja sagen — hübscher Kerl. Ich erinnere mich nur an zwei momentane Eindrücke, die später meine Besorgnis erregt haben. So reiste ich einmal mit einem Dampfschiff. Wir saßen, ich und einige Bekannte, in der Restaurationskajüte. Da kam die junge Wirtin und setzte sich weinend mir gerade gegenüber und erzählte, daß ihr Bräutigam durch Schiffbruch umgekommen wäre Wir bedauerten sie und ich bestellte Champagner. Nach dem zweiten Glase berührte ich ihren Fuß, nach dem vierten ihr Knie, und am nächsten Morgen hatte ich sie getröstet.

Doktor. Aber, Herr Rittmeister, eine Schwalbe macht doch keinen Sommer.

Rittmeister. Nun kommt die zweite und das war eine richtige Sommerschwalbe. Ich war in Lysekil. Dort war eine junge Frau, die ihre Kinder mithatte, der Mann war aber in der Stadt geblieben. Sie war religiös, hatte äußerst strenge Prinzipien, predigte mir Moral und war durchaus ehrbar, wie ich glaube. Ich lieh ihr ein Buch, zwei Bücher; als sie fortreiste, gab sie — merkwürdig genug — die Bücher selbst zurück. Drei Monate später fand ich in denselben Büchern eine Visitenkarte mit einer ziemlich deutlichen Erklärung. Sie war unschuldig, so unschuldig wie eine Liebeserklärung von seiten einer verheirateten Frau an einen fremden Herrn sein kann, der niemals eine Annäherung versucht hat. Nun kommt die Moral von der Geschichte. Traue nie zuviel!

Doktor. Man darf auch nicht zu wenig trauen!

Rittmeister. Nein, weder zuviel noch zu wenig! Aber sehen Sie, Herr Doktor, die Frau war so unbewußt schurkenhaft, daß sie ihrem Manne erzählte, sie schwärme für mich. Darin liegt gerade die Gefahr, daß sie sich ihrer instinktiven Schurkenhaftigkeit gar nicht bewußt sind. Das sind natürlich mildernde Umstände, aber aufheben können sie das Urteil nicht, sondern es nur mildern!

Doktor. Herr Rittmeister, Ihre Gedanken bewegen sich in einer krankhaften Richtung, und Sie sollten auf sie ein wenig acht geben.

Rittmeister. Sie sollten nicht das Wort „krankhaft" gebrauchen. Sehen Sie, alle Dampfkessel explodieren, wenn der Manometer „hundert" zeigt; aber „hundert" ist nicht für alle Dampfkessel dasselbe. Verstehen Sie? Indessen, Sie sind hier, um mich zu bewachen. Wenn ich nun kein Mann wäre, dann hätte ich das Recht anzuklagen oder mich zu beklagen, wie es so schlau genannt wird, und ich würde dann vielleicht Ihnen die ganze Diagnose geben können, und was wichtiger ist, die Krankheitsgeschichte; aber nun bin ich leider ein Mann und kann daher nur wie ein Römer die Arme über der Brust kreuzen und auf den Todesstreich warten. (Er steht auf.) Gute Nacht, Herr Doktor.

Doktor (ebenso). Herr Rittmeister! Wenn Sie krank sind, verletzt es durchaus nicht Ihre männliche Ehre mir alles zu sagen. Ich muß ja auch die andere Partei hören.

Rittmeister. Sie haben sich begnügt die eine zu hören, vermute ich.

Doktor. Nein, Herr Rittmeister. Wissen Sie, daß, wenn ich Frau Alving in Ibsens Gespenstern die Leichenrede über ihren toten Mann halten hörte, ich bei mir dachte: es ist äußerst schade, daß der Kerl schon tot sein mußte.

Rittmeister. Glauben Sie, er würde gesprochen haben, wenn er gelebt hätte? Und glauben Sie, wenn einer von den toten Männern auferstehen könnte, ihm würde geglaubt werden? Gute Nacht, Herr Doktor! Sie sehen, daß ich ruhig bin, und so können auch Sie sich ruhig zu Bett legen!

Doktor. Gute Nacht denn, Herr Rittmeister. Mit dieser Sache kann ich mich weiter nicht befassen.

Rittmeister. Sind wir Feinde?

Doktor. Durchaus nicht. Schade nur, daß wir nicht Freunde sein können! Gute Nacht. (Er geht durch die Mitte ab.)

Rittmeister (begleitet den Doktor zur Mittelthür; dann geht er zur Seitenthür links, öffnet sie ein wenig und sagt:) Komm nur herein, damit wir reden können! Ich hörte, daß du da stehst und lauschest.

Siebenter Auftritt.

Laura verlegen von links. Der Rittmeister setzt sich an den Mitteltisch, linke Seite; und zeigt für Laura auf den Stuhl am Sekretär links vorn.

Rittmeister. Es ist spät in der Nacht, aber wir müssen zu einer Entscheidung kommen. Setze dich!

Laura (nimmt auf dem Stuhl am Sekretär Platz).

(Pause.)

Rittmeister. Ich bin heut' Abend auf der Post gewesen und habe Briefe abgeholt! Aus denselben geht hervor, daß du sowohl abgehende als ankommende Briefe aufgefangen haſt. Die Folge davon iſt zunächſt, daß der Zeitverluſt das erwartete Reſultat meiner Arbeit zerſtört hat.

Laura. Ich hatte die beſte Abſicht dabei, denn du verſäumteſt deinen Dienſt wegen der andern Arbeit.

Rittmeiſter. Du hatteſt wohl eigentlich keine gute Abſicht dabei, denn du wußteſt ſehr gut, daß ich dereinſt mehr Ehr mit meiner andern Arbeit gewinnen würde, als durch meinen Dienſt; du wollteſt aber gerade vor allem nicht, daß ich irgend welche Ehre gewinnen ſollte, weil das deine Unbedeutenheit gedrückt hätte. Sobann habe ich an dich gerichtete Briefe aufgefangen.

Laura. Das war nobel gehandelt.

Rittmeiſter. Du ſiehſt ſelbſt, daß du von mir beſſer denkſt, als man glauben ſollte. Aus dieſen Briefen geht hervor, daß du ſeit längerer Zeit alle meine ehemaligen Freunde gegen mich vereinigt haſt, indem du ein Gerücht von meinem Gemütszuſtand ausſtreuteſt. Und du haſt Erfolg gehabt in deinen Bemühungen, denn nun giebt es nicht einen einzigen mehr, von meinem Chef bis zu meiner Köchin herab, der mich für vernünftig hält. Nun verhält es ſich mit meiner Krankheit folgendermaßen: mein Verſtand iſt ungeſtört, wie du weißt, ſobaß ich ſowohl meinen Dienſt als auch meine Pflicht als Vater ausfüllen kann, meiner Gefühle bin ich noch ſo ziemlich Herr, ſolange der Wille noch einigermaßen unverſehrt iſt; aber du haſt daran genagt und genagt, ſodaß der Hebel bald nachläßt und dann ſchnurrt das ganze Uhrwerk zurück. Ich will nicht an deine Gefühle appellieren, denn du haſt keine, und das iſt deine Stärke; ſondern ich appelliere an dein Intereſſe.

Laura. Laß hören?

Rittmeiſter. Du haſt es durch dein Benehmen erreicht, meinen Argwohn ſo zu erregen, daß meine Urteilskraft bald getrübt iſt und meine Gedanken anfangen, ſich zu verwirren. Das iſt der herannahende Wahnſinn, auf welchen du warteſt, und der in jedem Augenblick ausbrechen kann. Nun entſteht für dich die Frage: haſt du ein größeres Intereſſe daran, daß ich geſund bleibe oder daß ich nicht geſund bleibe? Denke nach! Falle ich zuſammen, ſo verliere ich den Dienſt, und dann ſteht ihr da. Sterbe ich dagegen, ſo erhaltet ihr

meine Lebensversicherung. Sollte ich mir aber das Leben
nehmen, so erhaltet ihr nichts. Du hast folglich ein Interesse
daran, daß ich mein Leben zu Ende lebe.

Laura. Soll das eine Schlinge sein?

Rittmeister. Ja, gewiß! Es kommt auf dich an, ob du
sie umgehen oder deinen Kopf hineinstecken willst.

Laura. Du sagst, du tötest dich! Das thust du nicht!

Rittmeister. Bist du dessen so sicher! Glaubst du, daß
ein Mann leben kann, wenn er nichts und niemand hat,
um dafür zu leben?

Laura. Du kapitulierst also?

Rittmeister. Nein, ich schlage vor, daß wir Frieden schließen.

Laura. Die Bedingungen?

Rittmeister. Daß ich meinen Verstand behalten darf.
Befreie mich von meinem Zweifel und ich gebe den Streit
auf.

Laura. Welchem Zweifel?

Rittmeister. An Berthas Geburt?

Laura. Liegt denn ein Zweifel darüber vor?

Rittmeister. Ja, bei mir liegt ein solcher vor; und du
selbst hast ihn erweckt.

Laura. Ich?

Rittmeister. Ja, du hast ihn wie Bilsenkrauttropfen in
mein Ohr geträufelt, und die Umstände haben ihm Wachs=
tum verliehen. Befreie mich von der Ungewißheit, sage
mir geradezu: so ist es, und ich vergebe dir im voraus.

Laura. Ich kann mir doch nicht eine Schuld aufbürden,
die ich nicht begangen habe.

Rittmeister. Was macht das dir, da du die Sicherheit
hast, daß ich sie nicht verrate. Glaubst du, daß ein Mann
hingehen könnte und seine eigene Schande ausposaunen?

Laura. Wenn ich sage, es ist nicht wahr, so bekommst
du keine Gewißheit, wenn ich aber sage: es ist so, dann
hast du Gewißheit? Du wünschest also, daß es so wäre.

Rittmeister. Wunderlich ist es, aber das kommt wohl
daher, daß der eine Fall nicht bewiesen werden kann, wäh=
rend der andere es kann.

Laura. Hast du einen Grund für deinen Argwohn?

Rittmeister. Ja und nein!

Laura. Ich glaube, daß du mein Verbrechen festzustellen wünschest, damit du mich dann loswerden kannst, um hernach allein über das Kind zu verfügen. Aber mich fängst du nicht in der Schlinge.

Rittmeister. Glaubst du, ich werde mich des Kindes eines andern annehmen, wenn ich die Gewißheit von deiner Schuld bekomme?

Laura. Nein, davon bin ich überzeugt, und darum ist es mir klar, daß du soeben logst, da du mir im voraus deine Vergebung zusagtest.

Rittmeister (steht auf). Laura, rette mich und meinen Verstand. Du begreifst ja nicht, was ich sage. Wenn das Kind nicht das meinige ist, so habe ich keine Rechte darauf und will auch keine haben, und das ist ja gerade das, was du willst. Nicht wahr? Oder vielleicht willst du noch mehr? Du willst die Macht über das Kind haben, und doch zugleich mich zum Versorger?

Laura (steht auf und geht über das Zimmer nach rechts). Die Macht, ja. Um was hat dieser ganze Streit auf Leben und Tod sich sonst gedreht, als um die Macht?

Rittmeister. Für mich, der an kein zukünftiges Leben glaubt, war das Kind mein Leben nach diesem. Es war mein Ewigkeitsgedanke, und vielleicht ist das auch der einzige, der in Wirklichkeit Sinn hat. Nimmst du ihn mir fort, so ist mein Leben durchschnitten.

Laura. Warum trennten wir uns nicht beizeiten?

Rittmeister. Weil das Kind uns aneinander band; und das Band wurde eine Kette. Und wie kam das? Wie? Ich habe niemals über diese Sache nachgedacht, aber nun steigt die Erinnerung empor, anklagend, vielleicht verdammend! Wir waren zwei Jahre verheiratet und hatten keine Kinder. Du weißt am besten warum. Ich wurde krank und lag auf den Tod. In einem fieberfreien Augenblick hörte ich Stimmen draußen im Salon. Das warst du und der Advokat, welche von meinem Vermögen sprachen, das ich damals noch besaß. Er erklärte, daß du nichts erben könntest, da wir keine Kinder hätten, und er fragte dich, ob du guter Hoffnung seist. Was du antwortetest, konnte ich nicht hören. Ich genas, und wir bekamen ein Kind. Wer ist der Vater?

Laura. Du!

Rittmeister. Nein, das bin ich nicht. Hier liegt ein Verbrechen begraben, das nun anfängt an den Tag zu kommen. Und welch höllisches Verbrechen. Ihr seid mitleidig genug gewesen, schwarze Sklaven zu befreien, aber die weißen habt ihr noch behalten. Ich habe mich gequält und gearbeitet für dich, dein Kind, deine Mutter, deine Dienerschaft; ich habe Zukunft und Carriere geopfert, ich habe für eure Existenz Qualen, Peinigungen, schlaflose Nächte und Aufregungen ertragen, sobaß mein Haar grau geworden ist; alles, damit du das Vergnügen haben solltest, sorgenfrei zu leben und, wenn du alt würdest, dein Dasein noch einmal in deinem Kinde zu genießen. Alles habe ich ohne Klage ertragen, weil ich mich für den Vater des Kindes hielt. Das ist einfach Diebstahl, die brutalste Sklaverei. Ich habe siebzehn Jahre Strafarbeit ertragen und bin unschuldig gewesen — was kannst du mir zur Entschädigung dafür geben?

Laura. Jetzt bist du vollständig verrückt!

Rittmeister. Ja, das hoffst du! Und ich habe gesehen, wie du dich gequält hast, dein Verbrechen zu verbergen. Ich habe Mitleid mit dir gehabt, weil ich deinen Kummer nicht verstand, ich habe oft dein böses Gewissen zur Ruhe geliebkost, denn ich glaubte, dich erschreckte nur ein krankhafter Gedanke; ich habe dich im Schlafe aufschreien hören, ohne daß ich es hören wollte. Nun besinne ich mich, es war nur ganz kürzlich — die Nacht vor Berthas Geburtstag. Es war zwischen zwei und drei Uhr morgens und ich saß und las. Du schriest, als wenn dich jemand erdrosseln wollte: „komm nicht, komm nicht!" Ich pochte an die Wand — ich wollte weiter nichts hören. Ich habe schon lange meinen Verdacht gehabt, aber ich wagte nicht, ihn bekräftigt zu hören. Das habe ich für dich gelitten, was willst du für mich thun?

Laura. Was kann ich thun! Ich werde bei Gott und allem, was mir heilig ist, schwören, daß du Berthas Vater bist.

Rittmeister. Was verschlägt das, nachdem du früher gesagt haft, eine Mutter kann und muß jedes Verbrechen für ihr Kind begehen. Ich bitte dich, bei der Erinnerung an entschwundene Stunden, ich bitte wie ein Verwundeter um den Gnadenstoß: sage mir alles. Siehst du nicht, daß ich hilflos wie ein Kind bin, hörst du nicht, wie ich dir mein Leid klage gleich wie einer Mutter, willst du durchaus nicht vergessen, daß ich ein Mann, ein Soldat bin, der mit einem Wort über zahlreiche Menschen und Tiere gebieten kann; ich begehre nur Mitleid wie ein Kranker, ich lege das Zeichen meiner Macht nieder und flehe um Gnade für mein Leben.

Laura (hat sich ihm genähert und legt ihre Hand auf seine Stirn). Wie! Du weinst! Mann!

Rittmeister. Ja, ich weine, obgleich ich ein Mann bin. Aber hat ein Mann denn keine Augen? Hat ein Mann keine Hände, Glieder, Sinne, Neigungen, Leidenschaften? Lebt er nicht von derselben Nahrung, wird er nicht von derselben Waffe verwundet, fühlt er nicht im Sommer die Wärme und im Winter die Kälte gerade wie das Weib? Wenn ihr uns stecht, bluten wir dann nicht? Wenn ihr uns kitzelt, lachen wir dann nicht? Und wenn ihr uns vergiftet, sterben wir dann nicht? Warum sollte ein Mann nicht klagen dürfen? Ein Soldat nicht weinen? Darum, weil es unmännlich ist! Warum ist es unmännlich?

Laura. Weine, mein Kind, dann hast du deine Mutter wieder bei dir. Erinnerst du dich, daß ich gleichsam zuerst als deine zweite Mutter in dein Leben eintrat. Deinem großen, starken Körper fehlten die Nerven, und du warst ein Riesenkind, welches entweder zu früh zur Welt gekommen oder nicht erwünscht war.

Rittmeister. Ja, so war es wohl; Vater und Mutter wollten mich nicht haben, und darum wurde ich ohne Willen geboren. Darum schien es mir, ich setzte mir ein Stück an, als ich und du eins wurden, und darum durftest du herrschen; ich, der in der Kaserne, vor den Truppen der Befehlende war, ich wurde bei dir der Gehorchende, und ich wuchs mit dir, sah zu dir empor wie zu einem höher begabten Wesen, und gehorchte dir, als wenn ich dein unverständiges Kind wäre.

Laura. Ja, so war es damals, und darum liebte ich dich wie mein Kind. Aber weißt du — ja, du sahst es wohl —: sobald deine Gefühle ihre Natur änderten und du vor mir als mein Geliebter standst, da schämte ich mich, und deine Umarmung war mir eine Freude, der Gewissensbisse nachfolgten, als wenn das Blut Scham gefühlt hätte. Die Mutter wurde die Geliebte! Abscheulich!

Rittmeister. Ich sah es, aber ich verstand es nicht. Und da ich glaubte bei dir Verachtung meiner Unmännlichkeit zu bemerken, wollte ich dich als Weib dadurch gewinnen, daß ich Mann war.

Laura. Ja, aber darin lag der Mißgriff. Die Mutter war deine Freundin, aber das Weib deine Feindin, und die Liebe zwischen den beiden Geschlechtern ist ein Kampf; und glaube nicht, daß ich mich hingab; ich gab nicht, sondern ich nahm — was ich haben wollte. Aber du hattest ein Übergewicht, welches ich fühlte und von dem ich wollte, du solltest es fühlen.

Rittmeister. Du hattest immer das Übergewicht; du konntest mich im wachen Zustande hypnotisieren, sodaß ich nichts sah und hörte, sondern nur gehorchte. Du konntest mir eine rohe Kartoffel geben und mir einimpfen, es wäre ein Pfirsich; du konntest mich zwingen deine thörichten Einfälle als Genialitäten zu bewundern; du konntest mich zu Verbrechen, ja zu lumpenhaften Handlungen vermögen. Denn dir fehlte Verstand, und anstatt der Vollzieher meiner Ratschläge zu werden, handeltest du nach deinem eigenen Kopf. Als ich später aber zum Nachdenken erwachte und meine Ehre gekränkt fühlte, wollte ich sie durch eine große That, eine Entdeckung oder einen ehrenhaften Selbstmord wiedergewinnen. Ich wollte mit in den Krieg ziehen, aber ich durfte es nicht. Da warf ich mich denn auf die Wissenschaft. Aber nun, da ich nur die Hand auszustrecken brauchte, um die Frucht zu empfangen, haust du mir den Arm ab. Nun bin ich ehrlos und kann nicht länger leben, denn ein Mann kann ohne Ehre nicht leben.

Laura. Aber ein Weib?

Rittmeister. Ja, denn sie hat ihre Kinder, das hat er aber nicht. — Aber wir und die andern Menschen lebten dahin, unbewußt wie Kinder, voll von Einbildungen, Idealen und Illusionen, und dann erwachten wir; das ging noch an aber wir erwachten mit den Füßen auf dem Kopfkissen, und derjenige, der uns erweckte, war selbst ein Nachtwandler Wenn die Frauen alt werden und aufhören Frauen zu sein bekommen sie um das Kinn einen Bart, ich frage mich verwundert, was die Männer bekommen, wenn sie alt werden und aufhören Männer zu sein. Diejenigen, die den Hahnenschrei von sich gaben, waren keine Hähne mehr, sondern Kapaunen und die Hennen antworteten auf den lockenden Ruf — so fanden wir, als die Sonne aufgehen sollte uns mitten im Mondschein zwischen Ruinen sitzen, ganz wie in der guten alten Zeit. Es war nur ein kleiner Morgenschlummer mit wilden Träumen gewesen und es war kein Erwachen.

Laura. Du hättest Dichter werden sollen, weißt du!

Rittmeister. Wer weiß!

Laura (mit einigen Schritten an ihm vorüber nach links). Jetzt bin ich schläfrig, hast du noch mehr Phantasieen, so spare sie für morgen auf.

Rittmeister (um den Mitteltisch nach rechts). Erst noch ein Wort, das die Wirklichkeit anbetrifft. Hassest du mich?

Laura. Ja, bisweilen! Wenn du Mann bist.

Rittmeister. Das ist also eine Art Rassenhaß. Ist es wahr, daß wir vom Affen abstammen, so müßte es zum mindesten von zwei Arten sein. Wir ähneln einander ja nicht.

Laura. Was willst du nun mit all dem sagen?

Rittmeister. Ich fühle, daß in diesem Kampf einer von uns untergehen muß.

Laura. Wer?

Rittmeister. Der Schwächere natürlich!

Laura. Und der Stärkere hat recht?

Rittmeister. Immer, da er die Macht hat!

Laura. So habe ich recht.

Rittmeister. Hast du denn die Macht?

Laura. Ja, und eine gesetzliche, wenn ich dich morgen unter Vormundschaft stellen lasse.

Rittmeister. Unter Vormundschaft?

Laura. Ja! Und dann erziehe ich mein Kind selbst, ohne auf deine Visionen zu hören.

Rittmeister. Und wer soll die Erziehung bezahlen, wenn ich nicht mehr bin?

Laura. Deine Pension!

Rittmeister (geht drohend auf sie los). Wie kannst du mich unter Vormundschaft stellen lassen?

Laura (zieht einen Brief hervor). Auf Grund dieses Briefes, der in beglaubigter Abschrift beim Vormundschaftsgericht liegt.

Rittmeister. Was ist das für ein Brief?

Laura (zieht sich rückwärts nach der Thüre links zurück). Von dir! Deine Erklärung an den Arzt, daß du wahnsinnig bist!

Rittmeister (sieht sie stumm an).

Laura. Nun hast du deine Bestimmung als ein leider notwendiger Vater und Versorger erfüllt. Du bist nicht mehr nötig und kannst gehen. Du mußt gehen, da du eingesehen hast, daß mein Verstand ebenso stark wie mein Willen war, und weil du das nicht anerkennen wolltest! (Sie wendet sich zum Abgang nach der Seitenthür links.)

Rittmeister (geht zum Mitteltisch, ergreift die brennende Lampe und schleudert sie gegen Laura, die sich rückwärts durch die Seitenthüre links zurückzieht).

Dritter Aufzug.

Dieselbe Dekoration.

Auf dem Mitteltisch eine andere Lampe. Die Tapetenthür rechts hinten ist mit einem Stuhl verbarrikadiert.

Erster Auftritt.

Die Amme. Laura.

Laura (linke Seite). Hast du die Schlüssel bekommen?

Amme. Sie bekommen? Nein, Gott helfe mir, aber ich nahm sie aus den Kleidern des Herrn, die Nöjd draußen zum Abbürsten hatte.

Laura. Heut hat also Nöjd du jour?
Amme. Jawohl!
Laura. Gieb mir die Schlüssel!
Amme. Ja, aber es ist doch gerade, als wenn man stiehl Hören Sie, Madame, seine Schritte dort oben! Auf u ab. Auf und ab!
Laura. Ist die Thüre fest verschlossen!
Amme. Jawohl, die ist fest genug verschlossen!
Laura (öffnet den Sekretär und setzt sich vor die Klappe). Le deinen Gefühlen Fesseln an, Margarethe, hier gilt es n Ruhe zu versuchen, uns alle zu retten. (Es klopft.) Wer ist da
Amme (öffnet die Mittelthür). Es ist Nöjd.
Laura. Laß ihn hereinkommen!

Zweiter Auftritt.

Die Vorigen. Nöjd.

Nöjd (durch die Mitte). Ein Brief vom Herrn Oberst!
Laura. Gieb her! (Sie liest.) So! — Nöjd, hast du all Patronen aus den Gewehren und Jagdtaschen herausge nommen?
Nöjd. Zu Befehl, Frau Rittmeister!
Laura. Warte draußen, bis ich den Brief des Herrr Oberst beantwortet habe! (Sie schreibt.)
Nöjd (durch die Mitte ab.)

Dritter Auftritt.

Amme. Laura.

Amme. Hören Sie doch, gnädige Frau! Was glauben Sie, daß er nun da oben macht!
Laura. Still, wenn ich schreibe!
(Man hört den Laut einer Säge.)
Amme (halblaut für sich). Ach Gnad Gott uns allen ju sammen! Wie soll das enden!
Laura. Da — gieb das Nöjd! Und meine Mutter be kommt von dem allen nichts zu wissen! Hörst du!
Amme (ab durch die Mitte).
Laura (zieht die Schubladen im Sekretär auf und nimmt Papier heraus).

Der Vater.

Vierter Auftritt.

Der Pastor durch die Mitte. Laura.

Pastor (nimmt vom Mitteltisch einen Stuhl und setzt sich an Lauras Seite zum Sekretär). Guten Abend, Schwester. Ich bin den ganzen Tag fortgewesen, wie du wohl gehört hast und komme daher erst jetzt. Hier sind also ernste Dinge vorgefallen?

Laura. Ja, Bruder, eine solche Nacht und einen solchen Tag habe ich noch nie in meinem Leben durchgemacht.

Pastor. Na, ich sehe ja, daß du trotz alledem keinen Schaden genommen hast.

Laura. Nein, Gott sei Lob, aber bedenke, was hätte geschehen können.

Pastor. Sage mir nur das eine, wie die Geschichte eigentlich anfing. Ich habe nun soviel verschiedene Berichte gehört.

Laura. Es begann mit seinen wilden Phantasieen darüber, daß er nicht Berthas Vater wäre, und endigte damit, daß er mir die brennende Lampe ins Gesicht warf.

Pastor. Das ist ja schrecklich! Das ist ja vollständiger Wahnsinn! Und was soll nun geschehen?

Laura. Wir müssen versuchen, neue Gewaltthaten zu verhindern, und der Doktor hat nach dem Hospital nach einer Zwangsjacke geschickt. Währenddessen habe ich dem Oberst Nachricht gesandt und suche mich über die geschäftlichen Angelegenheiten des Hauses zu informieren, die er in einer höchst tadelnswerten Weise geleitet hat.

Pastor. Das ist wirklich eine betrübliche Geschichte, aber ich habe immer etwas Derartiges erwartet. Feuer und Wasser — das mußte mit einer Explosion enden! Was ist denn das da in der Schublade?

Laura (hat eine Schublade herausgezogen). Sieh hier, er hat alles verwahrt!

Pastor (sieht in die Schublade). Herr Gott! Da hat er ja deine Puppe; und da deine Taufhäubchen; und Berthas Klapper; auch deine Briefe; und das Medaillon — (Er trocknet sich die Augen.) Er muß dich doch sehr lieb gehabt haben, Laura.

Laura. Derartige Dinge habe ich wahrlich nicht aufbewahrt!

Laura. Ich glaube, früher hatte er mich lieb, aber die Zeiten ändern sich!

Pastor. Was ist das für ein großes Papier? Die Kaufurkunde über die Grabstätte! — Ja lieber im Grabe, als im Irrenhaus! Laura! Sage mir: hast du an all diesem keine Schuld?

Laura. Ich? Was sollte ich für Schuld daran haben, daß ein Mensch wahnsinnig wird?

Pastor. Ja, ja! Ich will nichts sagen! Blut ist doch dicker als Wasser.

Laura. Was erlaubst du dir zu meinen?

Pastor (fixiert sie). Höre!

Laura. Was?

Pastor. Höre! Du kannst doch wohl nicht leugnen, daß es mit deinen Wünschen übereinstimmt, daß du nun dein Kind selbst erziehen kannst.

Laura. Ich verstehe dich nicht!

Pastor. Wie ich dich bewundere!

Laura. Mich! Hm!

Pastor. Und ich werde der Vormund des Freidenkers! Weißt du, ich habe ihn immer als ein Unkraut in unserm Acker betrachtet!

Laura (mit kurzem unterdrückten Lachen; gleich darauf ernsthaft). Und das wagst du mir, seiner Gattin, zu sagen?

Pastor. Du bist mir zu stark, Laura! Unglaublich stark! Wie ein Fuchs in der Falle beißest du dir lieber deinen eigenen Fuß ab, als daß du dich fangen läßt! Wie ein Meisterdieb: kein Mitschuldiger, nicht einmal dein eigenes Gewissen. Besieh dich im Spiegel! Das wagst du nicht!

Laura. Ich brauche niemals einen Spiegel!

Pastor. Nein, du wagst es nicht! — Darf ich deine Hand sehen! — Nicht ein verräterischer Blutfleck, nicht eine Spur von dem hinterlistigen Gift! Ein kleiner, unschuldiger Mord, dem nicht mit dem Gesetz beizukommen ist; ein unbewußtes Verbrechen; unbewußt? Das ist eine schöne Erfindung! Hörst du, wie er dort oben arbeitet! — Hüte dich; wenn der Mann loskommt, dann sägt er dich zwischen zwei Brettern entzwei!

Laura. Du schwatzest soviel, als wenn du ein böses Gewissen hättest! — Klage mich an, wenn du kannst!
Pastor. Das kann ich eben nicht!
Laura. Siehst du! Du kannst es nicht, folglich bin ich unschuldig! Gieb du nur auf dein Mündel acht, dann werde ich das meinige hüten! (Sie steht auf.) Ah, da ist der Doktor!
Pastor (steht auf und stellt seinen Stuhl an den Mitteltisch zurück).

Fünfter Auftritt.
Die Vorigen. Der Doktor durch die Mitte.

Laura. Willkommen, Herr Doktor. Sie werden mir ja wenigstens helfen. Nicht wahr? Und hier ist ja leider nicht viel zu thun. Hören Sie, wie er dort oben wirtschaftet? Sind Sie nun überzeugt?
Doktor (die Mitte nehmend). Ich bin davon überzeugt, daß eine Gewaltthat vor sich gegangen ist, aber nun ist die Frage, ob die Gewaltthat als ein Ausbruch von Zorn oder Wahnsinn betrachtet werden soll!
Pastor. Aber abgesehen von dem Ausbruch selbst, müssen Sie doch zugeben, daß er ganz fixe Ideen hat.
Doktor. Ich glaube, daß Ihre Ideen noch fixer sind, Herr Pastor.
Pastor. Meine bewährten Ansichten von den höchsten Dingen —
Doktor. Lassen wir die Ansichten! — Gnädige Frau, es hängt von Ihnen ab, ob Sie Ihren Mann des Gefängnisses und Verbrechens schuldig finden wollen oder reif für das Irrenhaus! Was halten Sie von dem Benehmen des Herrn Rittmeister?
Laura. Ich kann darauf jetzt nicht antworten!
Doktor. Sie haben also keine bewährte Ansicht darüber, was den Interessen der Familie am dienlichsten ist? Was meinen Sie, Herr Pastor?
Pastor. Ja, es wird in jedem Falle ein Skandal — es ist nicht leicht zu sagen —
Laura. Aber wenn er nun für seine Gewaltthat verurteilt wird, dann kann er dieselbe nachher noch einmal begehen.

Doktor. Und kommt er ins Gefängnis, dann kommt [er] bald wieder frei. Also sehen wir es für alle Teile für da[s] Vorteilhafteste an, wenn er sogleich als ein Wahnsinnige[r] behandelt wird — Wo ist die Amme?

Laura. Wieso?

Doktor. Sie soll dem Kranken die Zwangsjacke anlege[n] wenn ich mit ihm gesprochen habe und dazu Befehl geb[e.] Aber nicht früher. Ich habe — das Kleidungsstück draußen (Er geht durch die Mitte in den Vorflur hinaus und kommt sogleic[h] mit einem großen Paket wieder herein.) Seien Sie so gut un[d] bitten Sie die Amme, hierherzukommen.

Laura (klingelt).

Pastor. Gräßlich! Gräßlich!

Sechster Auftritt.

Die Vorigen. Die Amme durch die Mitte, zwischen den Doktor und Laura.

Doktor (packt auf dem Mitteltisch die Zwangsjacke aus). Sehe[n] Sie hier! Es ist notwendig, daß Sie diese Jacke dem Ritt[-] meister von hinten anziehen, wenn ich es für geboten er[-] achte, um weitere Gewaltthaten zu hindern. Wie S[ie] sehen, hat sie unmäßig lange Ärmel, um die Bewe[-] gungen zu hindern. Und man knüpft sie auf dem Rücke[n] zusammen. Hier sind zwei Riemen, die durch Schnalle[n] gezogen sind, die sollen Sie nachher an der Stuhllehne ob[er] dem Sofa befestigen, wie es sich nun gerade trifft. Wolle[n] Sie das thun?

Amme. Nein, Herr Doktor, das kann ich nicht; ich kan[n] es nicht.

Laura. Warum machen Sie es nicht selbst, Herr Doktor[?]

Doktor. Weil der Kranke mir mißtraut. Nein, Sie, gnä[-] dige Frau, wären die nächste dazu, aber ich fürchte, daß [er] Ihnen auch mißtraut.

Laura (macht eine abwehrende Bewegung).

Doktor. Vielleicht Sie, Herr Pastor?

Pastor. Nein, ich danke Ihnen sehr dafür!

Siebenter Auftritt.

Die Vorigen. Nöjd durch die Mitte, zurückstehend.

Laura. Hast du bereits den Brief abgeliefert?
Nöjd. Zu Befehl, Frau Rittmeister!
Doktor. Ja, sind Sie es, Nöjd. Sie kennen die Verhältnisse und wissen, daß der Herr Rittmeister geisteskrank ist. Sie müssen uns helfen, den Kranken zu bewachen.
Nöjd. Wenn ich etwas für den Herrn Rittmeister thun kann, so thue ich es sehr gern.
Doktor. Sie sollen ihm die Zwangsjacke anlegen —
Amme. Nein, er soll ihn nicht berühren; Nöjd soll ihm nichts zuleide thun. Dann werde ich es lieber so sanft, so sanft thun! Aber Nöjd kann ja an der Thür warten und mir helfen, wenn es nötig ist — ja, das soll er thun.
(Es wird gegen die Tapetenthür geschlagen.)
Doktor. Da ist er! Legen Sie die Jacke unter ein Tuch auf jenen Stuhl (er bezeichnet einen Stuhl hinter dem Mitteltisch) und gehen Sie dann alle solange hinaus; ich und der Herr Pastor werden ihn empfangen, denn die Thüre hält nur noch wenige Minuten. — So, bitte, gehen Sie!
Amme (befolgt die Anweisung des Doktors und geht dann links ab). Herr Jesus hilf!
Laura (verschließt den Sekretär und geht dann links ab).
Nöjd (ab durch die Mitte).
Doktor und **Pastor** (ziehen sich, die Tapetenthür beobachtend, nach links hinten zurück).
(Die Tapetenthür wird so gewaltsam aufgerissen, daß das Schloß
springt und der Stuhl umfällt.)

Achter Auftritt.

**Der Rittmeister kommt heraus mit einem Haufen Bücher unterm
Arm. Der Doktor, der Pastor im Hintergrund.**

Rittmeister (legt die Bücher auf den Sofatisch rechts vorn). Hier steht es alles zu lesen und in allen Büchern. Ich war also nicht verrückt! Hier steht in der Odyssee erster Gesang, Vers 215, Seite sechs. Es ist Telemach, der zu Athene redet: „Meine Mutter, die sagt's, er sei mein Vater; doch

4*

selber weiß ich's nicht, denn von selbst weiß niemand, we
ihn gezeuget." Und diesen Zweifel hegt Telemach von Pene
lope, der tugendhaftesten Frau. Das ist nett: Nicht
Hier haben wir den Propheten Hesekiel: „der Thor sagt
Siehe hier ist mein Vater, sie aber kann wissen, wesse
Lenden ihn erzeugt haben." Das ist ja klar. Was hab
ich hier? Die russische Litteraturgeschichte von Merslakow
„Alexander Puschkin, Rußlands größter Dichter, starb meh
an dem verbreiteten Gerücht von der Untreue seiner Gatti
als von der Kugel, die ihm beim Duell in die Brust tra
Auf dem Totenbett schwor er, sie sei unschuldig." Der Esel
Der Esel! Wie konnte er darauf schwören? Jetzt höre
Sie übrigens, daß ich meine Bücher lese! — (Er macht ein
Wendung nach links und erblickt dabei die beiden Herren.) Sieh d
Jonas, bist du hier? Und der Herr Doktor! Natürlich
Haben Sie gehört, was ich einmal einer englischen Dam
antwortete, die sich darüber beklagte, daß die Irländer ihre
Frauen brennende Photogenlampen ins Gesicht zu werfe
pflegen? — Gott, welche Weiber! sagte ich. — Weiber
lispelte sie! — Ja, natürlich! versetzte ich. Wenn es sowe
kommt, daß ein Mann, ein Mann, der eine Frau lieb
und anbetete, eine brennende Lampe nimmt und sie ihr in
Gesicht schleudert, da kann man doch wohl wissen?!

Pastor. Was kann man dann wissen?

Rittmeister. Nichts. Man weiß niemals etwas, ma
glaubt nur, nicht wahr, Jonas? Man glaubt und dan
wird man selig! Ja, das wird man! Nein, ich weiß, da
man durch seinen Glauben unselig werden kann! Da
weiß ich!

Doktor. Herr Rittmeister!

Rittmeister. Still! Ich will mit Ihnen nicht reden; ic
will Sie nicht telephonieren hören, was man da drinne
schwatzt! Dort drinnen! Sie wissen! — Höre, Jona
glaubst du der Vater deiner Kinder zu sein? Ich besinn
mich, daß Ihr einen Hauslehrer hattet, der ein hübsche
Gesicht hatte, und von dem die Leute allerhand sprachen.

Pastor. Adolf! Hüte dich!

Rittmeister. Fühle einmal nach unter der Perücke, Freund
chen, ob du da nicht zwei Knoten fühlen kannst. Mein

treu, ob er nicht erbleicht! Ja, ja, sie reden ja nur, und, zu lieber Gott, sie reden ja soviel. Aber wir sind ja alle nur lächerliche Kanaillen, wir richtigen Ehemänner. Nicht wahr, Herr Doktor? Wie steht es denn mit Ihrem Ehebett? Hatten Sie nicht einmal einen Lieutenant im Hause, wie? Warten Sie, nun werde ich raten! Er hieß — (er flüstert dem Doktor etwas ins Ohr.) Seht Ihr, er erbleicht auch! Werden Sie nur nicht ärgerlich! Sie ist ja tot und begraben! Und was geschehen ist, kann nicht ungeschehen gemacht werden! Ich kannte ihn aber, und er ist jetzt — — sehen Sie mich an, Herr Doktor! — Nein, gerade ins Gesicht — Major bei den Dragonern! Hol mich der Teufel, wenn ich nicht glaube, daß er auch Hörner hat!

Doktor (verletzt). Herr Rittmeister, reden wir von anderen Dingen!

Rittmeister. Seht Ihr! Er will gleich von andern Dingen reden, wenn ich von Hörnern reden will.

Pastor. Weißt du, lieber Freund, du bist geisteskrank.

Rittmeister. Ja, das weiß ich wohl. Aber dürfte ich eure gekrönten Gehirne einige Zeit behandeln, so würde ich euch auch bald einsperren können! Ich bin wahnsinnig, aber wie bin ich es geworden? Das geht euch nichts an und das geht keinen etwas an! Wollen Sie nun von etwas anderem reden. (Er nimmt das Photographiealbum vom Mitteltisch und öffnet es.) Herr Jesus, das ist mein Kind! Meins? Wir können das ja nicht wissen! Wißt ihr, was wir thun sollten, um es wissen zu können? Zuerst verheiratet man sich, um sociales Ansehn zu bekommen; dann läßt man sich sofort scheiben, und wird Geliebter und Geliebte; und dann adoptiert man das Kind. Dann kann man zum wenigsten sicher sein, daß es unser Adoptivkind ist? Habe ich nicht recht? Aber was hilft das mir jetzt alles? Was hilft es mir jetzt, wenn ihr mir meinen Ewigkeitsgedanken raubt, was nützt mir Wissenschaft und Philosophie, wenn ich für nichts zu leben habe, was kann ich mit dem Leben machen, wenn ich ehrlos bin? Ich pfropfte meinen rechten Arm, mein halbes Gehirn und mein halbes Rückenmark einem andern Stamm ein, denn ich glaubte, sie würden emporwachsen miteinander und sich verbinden zu einem vollkomm-

neren Baum, und dann kommt jemand mit dem Messe
und schneidet ihn unterhalb der Pfropfstelle ab, und dan:
bin ich nur ein halber Baum, aber der andere wächst weite
mit meinem Arm und meinem halben Gehirn, während ic
hinwelke und sterbe, denn es waren die besten Stücke, wa
ich fortgab. Nun will ich sterben! Macht mit mir, wa
ihr wollt! Ich bin nicht mehr! (Er sinkt am Sofatisch at
einen Stuhl.)

Doktor (flüstert mit dem Pastor, sie gehen ins Nebenzimmer links
Bertha (kommt gleich darauf heraus).

Neunter Auftritt.
Der Rittmeister. Bertha.

Rittmeister (sitzt zusammengefallen am Sofatisch).
Bertha (geht zu ihm hin). Bist du krank, Papa?
Rittmeister (sieht ärgerlich auf). Ich?
Bertha. Weißt du, was du gethan hast? Weißt du, da
du die Lampe nach Mama geworfen hast?
Rittmeister. Habe ich das?
Bertha. Ja, das hast du. Denke, wenn sie zu Schade
gekommen wäre?
Rittmeister. Was hätte das gemacht?
Bertha. Du bist nicht mein Vater, wenn du so rede:
kannst!
Rittmeister (erhebt sich). Was sagst du? Bin ich nicht de
Vater! Wie weißt du das? Wer hat dir das gesagt? Un
wer ist denn dein Vater? Wer?
Bertha. Ja, du wenigstens nicht!
Rittmeister. Beständig: ich nicht! Wer denn? Wer? D
scheinst wohl unterrichtet zu sein? Das mußte ich noch er
leben, daß mein Kind kommt und mir gerade ins Gesich
sagt, ich sei nicht sein Vater. Aber weißt du nicht, daß d
damit deine Mutter beschimpfst. Verstehst du nicht, daß e
Schande für sie ist, wenn es so ist?
Bertha. Du sollst von Mama nichts Schlechtes sager
hörst du!
Rittmeister. Ja, ihr haltet alle gegen mich zusammen
Und so habt ihr es immer gemacht!

Bertha. Papa!

Rittmeister. Gebrauche das Wort nicht mehr!

Bertha. Papa! Papa!

Rittmeister (zieht sie an sich). Bertha, liebes, geliebtes Kind, du bist ja mein Kind! Ja, ja! Es kann nicht anders sein! So ist es! Das andere waren nur kranke Gedanken, die mit dem Winde kamen, wie Pest und Fieber. Sieh mich an, damit ich meine Seele in deinen Augen sehen kann! Aber ich sehe auch ihre Seele darin! Du hast zwei Seelen und du liebst mich mit der einen und hassest mich mit der andern. Aber du sollst mich nur lieben! Du sollst nur eine Seele haben, sonst bekommst du niemals Frieden, und ich auch nicht. Du sollst nur einen Gedanken haben, der der Gedanke meines Kindes ist, du sollst nur einen Willen haben, nämlich den meinen.

Bertha. Das will ich nicht! Ich will ich selbst sein.

Rittmeister. Das darfst du nicht! Sieh du, ich bin ein Kannibale und ich will dich fressen. Deine Mutter wollte mich fressen, aber das vermochte sie nicht. Ich bin Saturnus, der seine eigenen Kinder fraß, weil man ihm prophezeit hatte, daß sie sonst ihn fressen würden. Friß oder werde gefressen! Das ist die Frage! Wenn ich dich nicht fresse, frißt du mich, und du hast mir bereits die Zähne gezeigt! Aber habe keine Angst, mein geliebtes Kind. Ich werde dir nichts zuleide thun. (Er geht nach hinten zu seinen Waffen und nimmt einen Revolver.)

Bertha (versucht nach links hinauszukommen). Hilfe, Mama, Hilfe, er will mich ermorden!

Zehnter Auftritt.

Die Vorigen. Die Amme von links.

Amme. Herr Adolf, was giebt's?

Rittmeister (untersucht den Revolver). Hast du die Patronen fortgenommen?

Amme. Ja. Ich habe sie beiseite gelegt, aber setzen Sie sich nun hierhin und seien Sie stille, dann werde ich sie wieder hervorsuchen. (Sie nimmt den Rittmeister beim Arm und setzt ihn auf den Stuhl zur Rechten des Mitteltisches, wo er stumpfsinnig

sitzen bleibt. Darauf nimmt sie die Zwangsjacke und stellt sich hinter
den Stuhl, auf dem der Rittmeister sitzt.)

Bertha (schleicht sich links hinaus).

Elfter Auftritt.
Der Rittmeister. Die Amme.

Amme. Besinnen Sie sich noch, Herr Adolf, wie Sie mein
liebes Kindchen waren und ich Sie des Abends in Ihr
Bettchen brachte und mit Ihnen zum lieben Gott betete,
daß er Sie schirmen möge. Und besinnen Sie sich, wie ich
in der Nacht aufstand und Ihnen zu trinken gab; besinnen
Sie sich, wie ich Licht anzündete und schöne Geschichten erzählte, wenn Sie häßliche Träume hatten, sodaß Sie nicht
schlafen konnten. Besinnen Sie sich noch darauf, Herr
Adolf?

Rittmeister. Sprich mehr davon, Margarethe, das beruhigt
meinen Kopf so schön! Sprich mehr davon!

Amme. Ach ja, aber Sie müssen auch zuhören! Besinnen
Sie sich noch, wie der kleine Adolf einmal das große Küchen-
messer genommen hatte und Schiffchen schnitzen wollte, und
wie ich hineinkam und ihm das Messer ablocken mußte.
Er war ein unvernünftiges Kind, und darum mußte man
ihn zum Narren machen, denn er glaubte nicht, daß man
ihm wohl wollte. — Gieb mir die Schlange da, sagte ich,
sonst beißt sie! Und sehen Sie, da ließ er das Messer los!
(Sie nimmt dem Rittmeister den Revolver aus der Hand.) Und dann
wenn er sich anziehen lassen sollte und wollte nicht. Dann
mußte ich ihm schön zureden und sagen, er solle ein Gold-
röckchen bekommen und wie ein Prinz gekleidet werden.
Und dann nahm ich das Miederchen, das nur aus grober
Wolle war, und hielt ich es ihm vor die Brust und sagte:
steck nun beide Ärmchen hinein! und dann sagte ich: sitz
nun hübsch still, während ich es auf dem Rücken zuknöpfe!
(Sie hat ihm währenddessen die Zwangsjacke angelegt.) Und dann
sagte ich: stehe nun auf, und gehe hübsch ein Stückchen,
damit ich sehen kann, wie es sitzt — (Sie führt ihn nach rechts
zum Sofa.) Und dann sagte ich: nun mußt du gehen und
dich hinlegen.

Rittmeister. Was sagtest du? Er sollte gehen und sich hinlegen, wenn er angezogen war! — Verdammtes Frauenzimmer! Was hast du mit mir gemacht! (Er versucht, sich loszumachen.) Ah, du schlaues Satansweib! Wer konnte sich denken, daß du soviel Verstand hast. (Er legt sich aufs Sofa.) Gefangen, gebunden, überlistet, und nicht einmal sterben können!

Amme. Vergeben Sie mir, Herr Adolf, vergeben Sie mir, aber ich wollte Sie hindern, das Kind zu töten!

Rittmeister. Warum läßt du mich nicht das Kind töten? Das Leben ist ja eine Hölle und der Tod ein Himmelreich, und das Kind gehört doch dem Himmel an!

Amme. Was wissen Sie, was nach dem Tode kommt?

Rittmeister. Das ist das einzige, was man weiß, aber vom Leben weiß man nichts! O wenn man bei Zeiten Bescheid gewußt hätte.

Amme. Herr Adolf! Beugen Sie Ihr hartes Herz und rufen Sie Gott um Gnade an, denn noch ist es nicht zu spät. Es war selbst für den Schächer am Kreuze nicht zu spät, denn der Erlöser sagte: noch heute sollst du mit mir im Paradiese sein!

Rittmeister. Schreist du bereits nach Leichen, alte Krähe!

Amme (nimmt ihr Gesangbuch aus der Tasche).

Zwölfter Auftritt.

Die Vorigen. Nöjd durch die Mitte, zurückstehend.

Rittmeister. Wirf das Frauenzimmer da hinaus! Sie will mich mit ihrem Gesangbuch zu Tode quälen. Wirf sie durch das Fenster oder den Schornstein, oder wo du sonst willst, hinaus.

Nöjd (sieht die Amme an). Gott behüte, Herr Rittmeister, aber — aber das kann ich nicht! Ich kann es wirklich nicht! Wenn es sechs Kerle wären, aber kein Frauenzimmer!

Rittmeister. Bist du nicht stärker als ein Frauenzimmer? Wie?

Nöjd. Gewiß bin ich stärker, aber sehen Sie, das ist ja so eine eigene Sache damit, daß man nicht Hand anlegen will an ein Frauenzimmer.

Rittmeister. Was ist das für eine eigene Sache? Haben sie nicht an mich Hand gelegt?

Nöjd. Ja, aber ich kann es nicht, Herr Rittmeister! Das ist gerade, als wenn Sie mir befehlen wollten, den Herrn Pastor zu schlagen. Das sitzt wie die Religion im Körper! Ich kann es nicht!

Laura (kommt von links und giebt Nöjd einen Wink, zu gehen).

Nöjd (geht durch die Mitte hinaus).

Dreizehnter Auftritt.
Die Vorigen. Laura.

Rittmeister. Omphale! Omphale! Nun spielst du mit der Keule, während Herkules deine Wolle spinnt!

Laura (tritt ans Sofa). Adolf! Sieh mich an! Hältst du mich für deine Feindin?

Rittmeister. Ja, das thue ich. Ich glaube, daß ihr alle meine Feinde seid! Meine Mutter, die mich nicht auf der Welt haben wollte, weil ich mit Schmerzen geboren werden sollte, war meine Feindin, da sie der ersten Lebensfreude die Nahrung benahm und mich zu einem halben Krüppel machte! Meine Schwester war meine Feindin, da sie mich lehrte, ihr unterthänig sein. Das erste Weib, das ich umarmte, war meine Feindin, da sie mir zehn Jahre Krankheit zum Lohn für die Liebe, die ich ihr schenkte, gab. Meine Tochter wurde meine Feindin, als sie zwischen mir und dir wählen sollte. Und du, meine Gattin, du warst meine Todfeindin, denn du ließest mich nicht eher los, als bis ich für tot liegen blieb!

Laura. Ich weiß nicht, daß ich jemals gedacht oder versucht habe, was du meinst, das ich gethan. Es kann wohl sein, daß eine dunkele Neigung, dich als etwas mir Hinderliches zu beseitigen, in mir geherrscht hat, aber wenn du einen Plan in meiner Handlungsweise siehst, so ist es möglich, daß er da war, obgleich ich ihn nicht sah. Ich habe niemals über die Ereignisse reflektiert, sondern sie glitten auf Schienen dahin, die du selbst legtest, und vor Gott und meinem Gewissen fühle ich mich unschuldig, selbst wenn ich es auch nicht bin. Deine Gegenwart ist für mich wie ein

Stein auf dem Herzen gewesen, der gedrückt und gedrückt hat, bis das Herz die hemmende Last abzuschütteln suchte. So ist es wohl gekommen; und habe ich unverschuldet dir etwas zuleide gethan, so bitte ich dich um Verzeihung.

Rittmeister. Das klingt ja sehr wahrscheinlich! Aber was hilft es mir? Und wer hat die Schuld? Vielleicht die geistige Ehe? Früher verheiratete man sich mit einer Frau; jetzt geht man eine Gemeinschaft mit einem gewerbetreibenden Frauenzimmer ein, oder zieht mit einer Freundin zusammen! — Und dann betrügt man den Teilhaber und entehrt den Freund! Was ist aus der Liebe, der gesunden, sinnlichen Liebe geworden? Sie starb dabei! Und welcher Sprößling aus dieser Liebe auf Aktien, lautend auf den Inhaber ohne solidarische Verantwortlichkeit! Wer ist der Inhaber, wenn der Krach kommt? Wer ist der körperliche Vater des geistigen Kindes?

Laura. Und was deine Zweifel betreffs des Kindes angeht, so sind sie durchaus unbegründet.

Rittmeister. Das ist gerade das Entsetzliche! Wenn sie wenigstens begründet wären, dann hätte man doch etwas, das man erfassen, woran man sich halten könnte. Nun sind es nur Schatten, die sich in den Büschen verbergen und den Kopf hervorstecken, um zu lachen, nun ist es, als wenn man sich mit der Luft herumschlüge, als wenn man blinden Lärm machte, indem man ins Blaue hineinschoß. Eine verhängnisvolle Wirklichkeit hätte Widerstand hervorgerufen, Leben und Seele zur That angespornt, aber jetzt — die Gedanken lösen sich in Dunst auf, und das Hirn arbeitet ins Leere hinein, bis es Feuer fängt. Gebt mir ein Kissen unter den Kopf! Und bedeckt mich! Ich friere. Ich friere so schrecklich!

Laura (nimmt ihren Shawl und breitet ihn über ihn).

Amme (holt ein Kissen).

Laura. Gieb mir deine Hand, mein Freund!

Rittmeister. Meine Hand! Die du auf den Rücken gebunden hast — Omphale! Omphale! o ich fühle deinen weichen Shawl an meinem Munde; er ist so warm und so zart wie dein Arm, und er duftet nach Vanille, wie dein Haar, da du jung warst! Laura, als du jung warst, und wir in dem Birkenwald mit Schlüsselblumen und Drosseln spazieren gingen. O wie herrlich, wie herrlich! Denke, wie schön das Leben gewesen ist und wie es dann geworden! Du wolltest nicht, daß es so würde, und ich wollte es nicht, und dennoch wurde es so. Wer gebietet also über das Leben!

Laura. Gott allein gebietet —

Rittmeister. Dann höchstens der Gott des Streites! Oder vielmehr die Göttin! Nimm die Katze fort, die auf mir liegt! Nimm sie fort!

Amme (kommt mit dem Kissen und nimmt den Shawl fort).

Rittmeister. Gieb mir meinen Waffenrock! Bedecke mich damit!

Amme (nimmt den Waffenrock vom Kleiderständer und bedeckt ihn damit).

Rittmeister. Ach, meine harte Löwenhaut, die du mir fortnehmen wolltest. Omphale! Omphale! Du schlaues Weib, das eine Friedensfreundin war und die Entwaffnung erfand. Wache auf, Herkules, ehe sie dir die Keule fortnimmt! Du wolltest auch uns die Rüstung ablisten und uns glauben machen, es wäre nur Putz. Nein, du, es war Eisen, ehe es zum Putz wurde. Früher machte der Schmied den Waffenrock, aber jetzt der Schneider! Omphale! Omphale! Die rohe Stärke ist der hinterlistigen Schwachheit erlegen. Pfui! Hüte dich, Satansweib, und Fluch über dein Geschlecht! (Er erhebt sich, um auszuspucken, fällt aber auf das Sofa zurück.) Was hast du mir für ein Kissen gegeben, Margarethe! Das ist so hart und so kalt, so kalt! Komm und setze dich hier neben mich auf den Stuhl. So, da! Ich möchte meinen Kopf auf deinen Schoß legen! So! — Das ist so warm! Neige dich über mich, sodaß ich deine Brust fühle! — O es ist süß, an Weibesbrust zu ruhen, ob es nun die der Mutter oder die der Geliebten ist, am süßesten aber an der der Mutter!

Laura. Willst du dein Kind sehen, Adolf? Sprich!

Rittmeister. Mein Kind? Ein Mann hat kein Kind, nur die Frauen bekommen Kinder, und darum kann die Zukunft ihnen gehören, wenn wir kinderlos sterben! O Gott, der du die Kinder lieb hast!

Amme. Hört! Er betet zu Gott!

Rittmeister. Nein, zu dir, damit du mich in den Schlaf lullst, denn ich bin so müde, so müde! Gute Nacht, Margarethe, und gesegnet seist du unter den Weibern. (Er richtet sich auf, fällt aber mit einem Aufschrei in den Schoß der Amme zurück.)

Vierzehnter Auftritt.

Die Amme. Laura geht nach der linken Seitenthüre und winkt dem Doktor, der mit dem Pastor kommt. Dann Bertha.

Laura. Helfen Sie uns, Herr Doktor, wenn es nicht zu spät ist! Sehen Sie, er atmet nicht mehr!

Doktor (untersucht den Puls des Kranken). Das ist ein Schlaganfall!

Pastor. Ist er tot?

Doktor. Nein, er kann wieder zum Leben erwachen, aber wie er erwacht, das wissen wir nicht.

Pastor. Zuerst der Tod, und dann das Gericht —

Doktor. Kein Gericht und keine Anklagen! Sie, der Sie glauben, daß ein gütiger Gott das Schicksal der Menschen lenkt, Sie müssen vor ihm in dieser Sache das Wort nehmen.

Amme. Ach, Herr Pastor, er betete in seinem letzten Augenblicke zu Gott!

Pastor (zu Laura). Ist das wahr?

Laura. Ja, es ist wahr.

Doktor. Wenn es so ist, worüber ich ebenso wenig urteilen kann, wie über die Ursache der Krankheit, dann ist meine Kunst zu Ende. Versuchen Sie jetzt die Ihre, Herr Pastor!

Laura. Ist das alles, was Sie an diesem Totenbett zu sagen haben, Herr Doktor?

Doktor. Das ist alles! Weiter weiß ich nichts! Wer mehr zu sagen weiß, der thue es!

Bertha (kommt von links und springt auf die Mutter zu). Mama, Mama!

Laura. Mein Kind! Mein eigenes Kind!

Pastor. Amen!

Ende.

Aus Philipp Reclams Universal-Bibliothek.
Preis jeder Nummer **20** Pfennig.

Schwedische Literatur.

Agrell, Alfhild, Einsam. Schausp. in 3 Aufzügen. Nr. 2728.
—, Gerettet. Schauspiel in 2 Aufzügen. Nr. 1810.
Blanche, A., Erzählungen d. Küsters zu Danderyd. Nr. 791/92.
Bondeson, August, Dorfgeschichten. Nr. 5097.
Bremer, Fredrika, Die Nachbarn. Roman. Nr. 1003—6. Geb. 1 Mk. 20 Pf.
Flygare-Carlen, Emilie, Die Rose von Tistelö. Erzählung. Nr. 1491—95. Geb. 1 Mk. 50 Pf.
Geijer, Erik Gustaf, Gedichte. Nr. 352. Geb. 60 Pf.
Geijerstam, Mutter Lenas Junge u. a. Erzählgen. Nr. 3008.
Hedberg, F., Die Hochzeit zu Ulfosa. Schauspiel in 4 Aufzügen. Nr. 628.
Hedenstjerna, A. v. (Sigurd), Schwedische Bilder. Erzählungen und Humoresken. Nr. 3670.
Heidenstam, Werner v., Endymion. Roman. Nr. 2952/53.
Lagerlöf, Selma, Gösta Berling. Roman. Nr. 3983—86. Geb. 1 Mk. 20 Pf.
—, Eine Gutsgeschichte. Erzähl. Nr. 4229/30. Geb. 80 Pf.
Leffler, A. Charl., Drei Erzählungen. Nr. 4290.
—, Sonja Kovalevsky, was ich mit ihr zusammen erlebt habe und was sie mir über sich selbst mitgeteilt hat. Nr. 3297/98. Geb. 80 Pf.
Mattis, Wie Jakob Sten hier in der Welt in die Höhe kam. Novelle. Nr. 2289.
Runeberg, Joh. Ludwig, Die Könige auf Salamis. Trauerspiel in 5 Aufzügen. Nr. 688.
—, Fähnrich Stahls Erzählungen. Nr. 4502/3. Geb. 80 Pf.
Rydberg, Victor, Singoalla. Erzählung. Nr. 2016.
Stagnelius, Erik J., Blenda. Epische Dichtung. Nr. 623—25.
Strindberg, Fräulein Julie. Naturalist. Trauersp. Nr. 2666.
—, Gläubiger. Tragikomödie in 1 Aufzug. Nr. 4103.
—, Die Leute auf Hemsö. Erzählung aus den Schären. Nr. 2758/59. Geb. 80 Pf.
—, Der Vater. Trauerspiel in 3 Aufzügen. Nr. 2489.
Tegnér, Esaias, Die Abendmahlskinder. Nr. 538. Geb. 60 Pf.
—, Axel. Erzählung. Nr. 747. Geb. 60 Pf.
—, Frithjofs-Sage. Nr. 422/23. Geb. 80 Pf., mit Goldschnitt 1 Mk. 20 Pf.
Wahlenberg, Anna, Arme Kleine. Lustsp. in 1 Aufz. Nr. 3417.
Wijkander, O., Bertha Malm. Schausp. in 4 Aufz. Nr. 2039.

Helios-Klassiker-Ausgaben.

L. = biegsamer Leinenband.
Gl. = biegsamer Ganzlederband mit Goldschnitt.

Börnes gesammelte Schriften. 3 Bände. L. M. 5.—
Byrons sämtliche Werke. 3 Bände. L. M. 5.—
Chamissos sämtl. Werke. 2 Bde. L. M. 2.50, Gl. M. 6.—
— poetische und erzählende Werke. 1 Band. L. M. 1.25.
Eichendorffs ges. Werke. 2 Bde. L. M. 3.—, Gl. M. 6.—
Gaudys ausgewählte Werke. 2 Bände. L. M. 3.50.
Goethes sämtl. Werke. 10 Bde. L. M. 15.—, Gl. M. 30.—
— Werke. Auswahl. 4 Bände. L. M. 5.—, Gl. M. 12.—
Grabbes sämtliche Werke. 2 Bände. L. M. 3.50.
Grillparzers sämtl. Werke. 3 Bde. L. M. 5.—, Gl. M. 9.—
Hauffs sämtliche Werke. 2 Bde. L. M. 3.—, Gl. M. 7.—
Heines sämtliche Werke. 4 Bde. L. M. 5.—, Gl. M. 12.—
Herders ausgewählte Werke. 3 Bände. L. M. 5.—
Kleists sämtliche Werke. 1 Bd. L. M. 1.50, Gl. M. 3.25.
Körners sämtliche Werke. 1 Bd. L. M. 1.40, Gl. M. 3.—
Lenaus sämtliche Werke. 1 Band. L. M. 1.50, Gl. M. 3.25.
Lessings Werke. 3 Bände. L. M. 5.—, Gl. M. 9.—
— poetische und dramatische Werke. 1 Band. L. M. 1.75.
Longfellows sämtliche poetische Werke. 2 Bde. L. M. 3.50.
Ludwigs ausgewählte Werke. 1 Bd. L. M. 1.75, Gl. M. 3.50.
Miltons poetische Werke. 1 Band. L. M. 2.—
Molières sämtliche Werke. 2 Bände. L. M. 3.50.
Mörikes sämtliche Werke. 2 Bde. L. M. 3.50, Gl. M. 6.—
Reuters sämtliche Werke. 4 Bde. L. M. 6.—, Gl. M. 12.—
— ausgewählte Werke. 2 Bände. L. M. 3.50, Gl. M. 7.—
Rückerts ausgew. Werke. 3 Bde. L. M. 5.—, Gl. M. 9.—
Schillers sämtl. Werke. 4 Bde. L. M. 5.—, Gl. M. 12.—
Shakespeares sämtliche dramatische Werke. 3 Bde. L. M. 5.—, Gl. M. 9.—
Stifters ausgew. Werke. 2 Bde. L. M. 3.50, Gl. M. 6.—
Uhlands gesammelte Werke. 2 Bde. L. 2.50, Gl. M. 6.—

Aus Philipp Reclams Universal-Bibliothek.
Preis jeder Nummer 20 Pfennig.

Norwegische Literatur.

Ibsen, Henrik, Nora oder Ein Puppenheim. Schauspiel in 3 Aufzügen. Nr. 1257.
—, Nordische Heerfahrt. Schauspiel in 4 Aufzügen. Nr. 2633.
—, Peer Gynt. Ein dramatisches Gedicht. Nr. 2309/10.
—, Rosmersholm. Schauspiel in 4 Aufzügen. Nr. 2280.
—, Die Stützen der Gesellschaft. Schauspiel in 4 Aufzügen. Nr. 958.
—, Ein Volksfeind. Schauspiel in 5 Aufzügen. Nr. 1702.
—, Die Wildente. Schauspiel in 5 Aufzügen. Nr. 2317.
—, Gesammelte Werke. (Geb. in 4 Bände à 1 Mk. 50 Pf.)
Kielland, Alex. L., Garman & Worse. Roman. Nr. 1528—30.
—, Novelletten. Nr. 1888.
—, Neue Novelletten. Nr. 2134.
Kraemmer, Elias, Fröhliche Bürger. Kleinstadtgeschichten. Nr. 4320.
—, Väter der Stadt. Kleinstadtgeschichten. Nr. 4321.
Lie, J., Der Hellseher oder Bilder aus Norwegen. Nr. 1540.
—, Der Dreimaster „Zukunft". Erzählung aus dem nördlichen Norwegen. Nr. 2704/5. Geb. 80 Pf.
—, Die Familie auf Gilje. Roman aus dem Leben unserer Zeit. Nr. 3554/55. Geb. 80 Pf.
—, Lebenslänglich verurteilt. Erzählung. Nr. 1909/10.
—, Ein Mahlstrom. Erzählung. Nr. 2402/3. Geb. 80 Pf.
Paulsen, J., Falkenström & Söhne. Schauspiel in 4 Aufzügen. Nr. 3066.
Tschudi, Clara, Elisabeth, Kaiserin von Österreich und Königin von Ungarn. Nr. 4241/42. Geb. 80 Pf.
—, Eugenie, Kaiserin der Franzosen. Eine populäre Darstellung. Nr. 2984/85. Geb. 80 Pf.
—, Königin Maria Sophia von Neapel, eine vergessene Heldin. Fortf. zu „Kaiserin Elisabeth". Nr. 4861/62. Geb. 80 Pf.
—, Marie Antoinettes Jugend. Nr. 3487/88. Geb. 80 Pf.
—, Marie Antoinette und die Revolution. Nr. 3733—36. Geb. 1 Mk. 20 Pf.
—, Napoleons Mutter Lätitia Ramolino-Buonaparte. Nr. 4035/36. Geb. 80 Pf.
Winterhjelm, Kristian, Intermezzos. Nr. 2348.